岁时礼俗之美

仪式

中国人的时间哲学

周华诚 著

仪式
岁时礼俗之美

华中科技大学出版社
http://press.hust.edu.cn
中国·武汉

自
序

好雨知时节。自然有自然的规律，人是自然的一部分，也要遵从大自然的规律。中国人老早就懂得这个道理，懂得与四时光阴、天地万物一起过日子。

老辈人讲，"春种夏长，秋收冬藏。"老辈人的生活，是跟土地上的劳作紧紧联系在一起的。他们按照季节变化来播种和收获，也按照季节变化来安排一整年的生活。什么时候挥汗如雨，什么时候休养生息，都有规矩，都有仪式。

这种规矩和仪式，是一代代人留下来的生活经验，是一代代人总结出的生命印记，也是一个族群在自然界生存的脉络和节奏。

在《中国廿省儿歌集》（黎锦晖、吴启瑞、李实编）中翻到一首浙江儿歌，讲述的是一年时节的过法，抄录于此：

"正月正，麻雀飞去看龙灯。二月二，煎糕炒豆儿。三月三，荠菜花儿上灶山。四月四，杀只鸡儿请灶司。五月五，年糕粽子过端午。六月六，猫儿狗儿同洗浴。七月七，七样果子随你吃。八月八，大潮发，小潮发，城里老娘活俏煞，城外老娘活急煞。九月九，打老菱，过酒吃。十月朝，打儿骂女捆柴烧。十一月雪花儿飘飘，十二月家家磨粉做年糕。"

另外，还有一首童谣，流行于巴蜀一带：

"说个子，道个子，正月过年耍狮子，二月惊蛰抱蚕子，三月清明飘坟子，四月立夏插秧子，五月端阳吃粽子，六月天热买房子，七月立秋烧袱子，八月过节麻饼子，九月重阳捞糟子，十月天寒穿袄子，冬月数九烘笼子，腊月年关躲债主子。"

据我所知，各地都有类似的儿歌，总结传唱当地民众的生活方式。随着时代的更迭、社会的发展，这些儿歌的内容已不一定全然符合当下生活实际，但读来依然很是有趣。因为这样的儿歌童谣里，藏着当地民众生活的密码，说是文化基因，也并不为过。

我们现在倡导"传统文化之美"，希望更多人践行具有中国传统文化特色的生活方式。节气、节日，就是其中重要的内容。因为文化的基因、生活的仪式感，就藏在这些日常的细节里。只是，民俗文化永远处在变化中，我们现在的岁时礼俗、节气生活，很多已经越来越简化，有的时候就简化为吃吃喝喝，很多仪式的细节已经消失在记忆中。

在老家乡下种田的数年中，我发现，许多与劳作相关的日常生活极具仪式性、审美性，那些与四时礼俗相关的活动，也富有生活的哲理和生命的智慧。多年来，我也写下不少散文作品，都与传统文化生活有关。

因此，我梳理出《仪式》两本书，分为《节气风物之美》《岁时礼俗之美》两册，分别从节气、节日两个角度，用散文的方式，呈现以故乡浙西常山为主体的江南日常生活，以及相关的文化习俗。

中国人度过时间的方式，多数是在劳作之中完成的，而节气、节日是在生活的刻度上结绳记事。我们在今天重温节气、节日之美，不仅是追溯传统文化的因子，更重要的，是对传统文化生活的传承，是对传统文化精神的发扬。在这种传承和发扬里，我们从而确认自己的身份与故乡。

是为序。

周华诚

癸卯年正月二十日　　于常山稻之谷

目 录

花朝

元旦

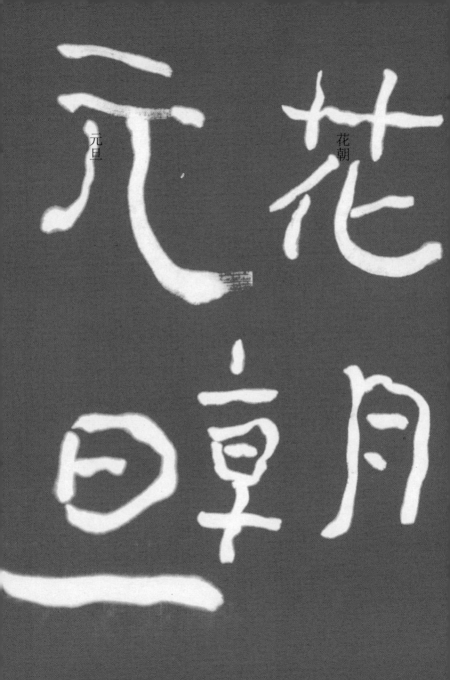

元旦

花朝

花朝

花朝是传统农历二月的别称，此月有花朝节，也叫花神节，俗称百花生日，流行于东北、华北、华东、中南等地。

元旦

元旦通常指历法中的首月首日。1949年中华人民共和国决定使用公历纪元，把公历一月一日定为元旦。

寒食

肆

中国传统节日，在清明节前一日或二日。古时风俗，于寒食前后三日禁烟火，只吃冷食。

上巳

叁

上巳，俗称三月三，是汉族传统节日。该节日在汉代以前定为三月上旬的巳日，魏晋后，节期改为农历三月初三。

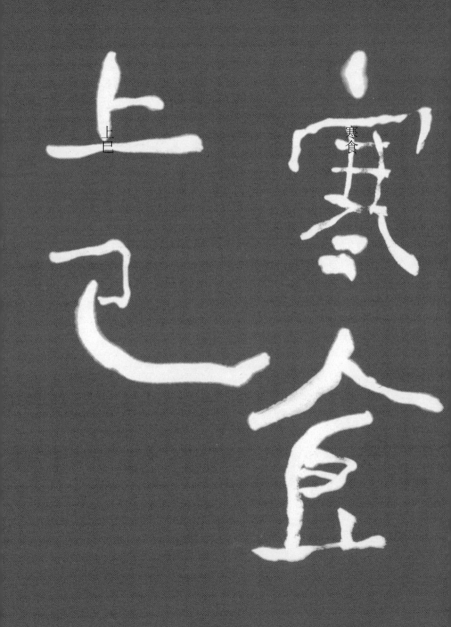

寒食

上巳

上巳

寒食

中国人的时间哲学

仪式
岁时礼俗之美

上巳

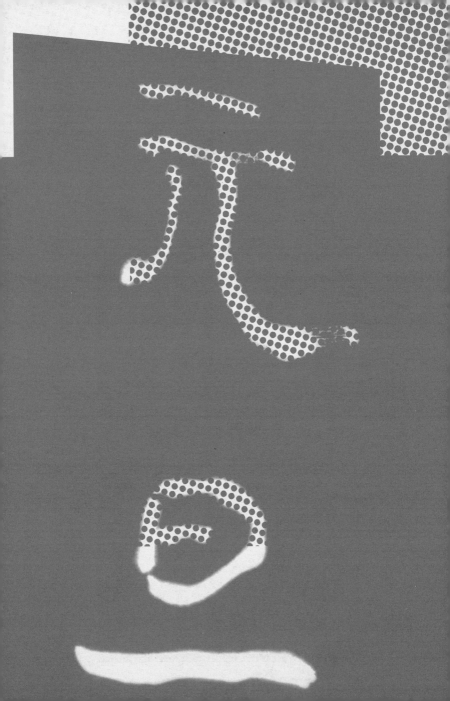

元旦

壹

元日述怀

——唐·卢照邻

筮仕无中秩，归耕有外臣。
人歌小岁酒，花舞大唐春。
草色迷三径，风光动四邻。
愿得长如此，年年物候新。

·注：现在的"元旦"，即公历1月1日，为世界多数国家通称的"新年"。中国历史上的"元旦"，指的是农历正月初一。从汉武帝起，把农历正月月为正月，规定元月初一称为元日，一直沿用到清朝末年。1949年9月27日，第一届中国人民政治协商会议决定采用世界通用的公元纪年法，之后的元旦指公元纪年的1月1日。

正月一日年节，开封府放关扑三日。士庶自早互相庆贺，坊巷以食物动使果实柴炭之类。歌叫关扑。如马行、潘楼街，州东宋门外、州西梁门外踊路，州北封丘门外，及州南一带结彩棚、铺陈冠梳珠翠，头面衣着、花朵、领抹、靴鞋玩好之类。间列舞场歌馆，车马交驰。向晚，贵家妇女纵赏关赌，入场观看，入市店饮宴，惯习成风，不相笑讶。至寒食冬至三日亦如此。小民虽贫者，亦须新洁衣服，把酒相酬尔。

新年试笔：肉与书

2019 年 1 月 1 日

1

上午取快递 —— 乃新年首取 —— 两箱：一箱羊肉、一箱书。

羊肉自甘肃民勤而来。打开，羊肉包得妥帖，还有醋和八角茴香等一干调料。生怕我做不好，民勤兄弟还发来煮羊秘笈一份，提纲挈领，循循善诱。在这一点上，我极能理解，美好的食物材料摆在面前，拙劣的技法可以将其毁于一旦，焚琴煮鹤，怎不叫人痛心疾首。非原料稀少珍贵才如此，平常如一把春天的野葱、一颗霜后的青菜，都宜善待。

书自网上来，两天前下单的。书目如下：

《琉璃厂杂记》(精装二册)，周肇祥著；

《文学履途：漫游在伟大故事诞生之地》，《纽约时报》主编，董帅译；

《寻茶记：中国茶叶地理》，艺美生活编著；

《去乡下盖间房子》，朱子一著；

"雅活书系"四种，《古珠之美》《飞鸟物语》《草木滋味》《一饭一世界》；

《江南，一棵树的童年》，海飞著。

2

第一时间取了《去乡下盖间房子》在手

翻阅。这是朋友老朱的新书。朱子一，南方报业、浙报集团前媒体人，做过调查记者、报纸副总编辑，后来到径山盖了座房子，做了民宿主人，同时又创业，成了互联网公司创始人。

我认识的许多媒体人（其实也不仅是媒体人），都有一个梦想：带着孩子，回归山野，在乡下盖间可以太阳晒屁股的房子、一个有花有果的小院。

我和老朱，我们有一个四五个人的很小的群，有时约着撸串、喝酒、吹牛，在媒体的时候各自都曾写过很牛的稿子，现在有做投资的、做自媒体的、做互联网的、种田的，有一点很相同，撸串喝酒的时候都要谈一谈各自还在写什么。

老朱的这本书出来了，可喜可贺；且书又是在我手上策划出版的，前前后后，来回好几个月，一朝书成，更添一分喜悦；且又是开年取到的首本，岂不更是可喜？这本书归在"稻田氧气"系列中。所谓稻田氧气，是日常美好生活的记录与呈现，尤其注意人与自然之间的关系。何婉玲的《山野的日常》，是其中的第一本。《去乡下盖间房子》，是第二本。接下去，在阳台上种花的若狂的书，是第三本。若狂的这一本，因为后来又请她在美院上学的女儿欣仪绘制插图，凡六七十幅，花了些时间，以至延后一些时日，也是快了。

书是作者的娃，每本书出来，最高兴的人一定是作者。老朱也说了，过些时候，请大家去他的"止溪"饮酒小聚。

3

《琉璃厂杂记》我放在购物车里有段时间了，这回拿到，自然也高兴。奈何两本书塞在一个书匣里，颇有些紧，拈、捏、抠、提、抖、振、甩、撞，从轻到重，由柔转烈，各种手法用尽，居然都未能取出。寻思着要不要动用器械，甚至使用破坏性手段。最后是借助尺子成功取出，此中细节不便详述。

周肇祥，民国初年的大收藏家，北京古物陈列所所长，清史馆提调，京津画派领袖，人称"周大胡子"，也是浙江绍兴人。此书是作者以琉璃厂见闻为主的随笔。琉璃厂，北京一条古老的文化街，自清乾隆年间修《四库全书》始，各地文人会聚于此，继而兴盛。琉璃厂的古玩，以金石、旧瓷、名人书画为多，但凭个人眼力鉴别其真伪优劣。沈从文说："我从会馆出门向西十五分钟，就到达中国古代文化集中之地，就是琉璃厂。那里分门别类的、包罗万象的古董店，完全是一个中国文化博物馆的模样。"周肇祥常出没其间，拉拉杂杂有此笔记，或曰杂记。

正好前段时间偶尔翻翻《味水轩日记》。二者都是入思之作。

4

又买"雅活"四种。《古珠之美》《飞鸟物语》书架上又缺了，补上；《草木滋味》《一饭一世界》量少，看到有优惠，顺便也囤两本。见《草木滋味》第4次印刷，另三种皆第2次印刷，喜之。

另一本厚厚的书《文学履途》，是文学大师们灵感生发之地的旅行记。本书试图挖掘大师与城市之间的关系，或是探寻一个地方是如何激发作家创作出那些佳作的。

在旅行中，我们都曾经历过类似的时刻 —— 闯进一名艺术家（包括用文字来作画的人）曾经踏足的地方。每每看到竖立在公园中央的雕像，一条用名人的名字命名的街道，或者一座用故居改造成的小博物馆，我们都会感到惊奇……我们会四处打量，并情不自禁地思索，这座小山和清晨的雾气是否给过他一丝火花？这个地方对他来说是灵感源泉还是偶然路过？

　　作为某位作家的粉丝，阅读相关的篇章应该饶有趣味，如同跟随文字的脚步去某座城市游走。我曾经在一篇散文里写过，"碰到一个很喜欢的人，就会想和她一起回去，看一看她的小时候。"同样地，如果很喜欢一位作家，就会想去他所生活的地方，甚至到他所住过的房子，想象一下他是如何面对一扇窗子，终日伏案写作，笔下流淌出那些作品来的。这种在一个空间里的共同呼吸，会让人产生一种切近感。事实上，一位作家或者艺术家，将他的心灵用作品呈现出来，而读者在物理上的靠近，也是另一种更为深切的心灵贴近。对于城市，这种角度的阅读，也将是关于城市的记忆里最为珍贵和独特的部分。

　　第一篇我想阅读的，是奥尔罕·帕慕克的《伊斯坦布尔》，其次是博尔赫斯的《布宜诺斯艾利斯》。

5

　　中午吃了羊肉，清水煮的，肉与汤皆美。这些羊肉约摸可以吃十来次。书读得慢一些，家中书积如山，越堆越多，然而号称一介读书人，不必羞愧地否认，读书和买书是同样快乐的事。光阴流逝之间，唯（吃）肉与（买）书可快慰人心。

新年试笔：煮水煎茶

2021 年 1 月 1 日

元旦阳光明媚，本来，这会儿差不多是在北海道看雪的。稻友们早就说了，2020 年要去好多地方走走看看，行程都做好了，结果疫情阻碍，没有去成。远的地方没有去成，近的地方还是去了几处。临安的山中，西湖的岸边，每次见了，大家都很开心。稻友两年前组团到日本参访大地节，采访策展人北川富朗，探寻艺术之于乡村振兴、生活美学的意义与途径。两年后，我们的一本书《观看：大地上的艺术》散发着墨香，摊开在面前，大家因此在杭州重聚，集体观看电影《掬水月在手》，又为新书一一签名，执手相叙，情深意契。我想，新的一年，风清气朗之时，还是要结伴出去走一走。譬如，去我们采访过的民宿住几天，与有故事的主人聊天；去景德镇做陶瓷，感受手艺的温度；到海南去看水稻田，探访亚热带植物和香料的秘密；等等。这样的行走，每一次都可以拓展认知的边界，也可以留下欢乐，以及思维碰撞的火花。比看风景更重要的，是跟谁一起去看风景，我们稻友同行的快乐，正在于此。

除了出门，还要静得下来。清晨下田干活，傍晚喝酒看花。元旦这一天，照例煮水煎茶读书。读的是帕慕克的《别样的色彩》，我很喜欢帕慕克，这样一个书名，我想也是适合在新年的第一天读的，似乎

这样也能为这一年的缤纷色彩建立一个良好的开端。这本书里有一篇，是帕慕克讲他如何阅读《一千零一夜》的。在三十几岁之前，他每次阅读这本书，都会觉察到自己内心的反感。直到有一天，他开始接受它，因为"最能投我所好的，却依然是穷街僻巷的趣味，是那些我曾经深恶痛绝的、龌龊的细节。也许，随着岁月既长，漫长的生活经验会使我逐渐认识到，背叛和邪恶本来就是生活的组成部分"。而这个时候，他已经三十四五岁了。读到这里，我觉得帕慕克是一个有趣的人，恐怕在他看来，生活本身足够丰富，正是它吸引人的地方；它由无数的碎片组成，既有坏的部分，也有好的部分，我们沉浸其中，热爱它、创造它、延展它、缠斗它，既不知胜算几何，更不知何时休止。但正因如此，我们才不管不顾，投身其中。每一天努力创造出来的好的部分，都让我们激动万分。

水在茶壶中咕嘟咕嘟地响起来，我去泡一杯凤翎绿茶。这是湖北郧阳的朋友给我寄的。郧阳是传说中凤凰的故乡。凤栖郧阳，汉水滋润，凤翎绿茶一颗颗紧致细小，立于水中，仿佛关公大刀的微缩版，执大刀的关公也不知何处去了，只留一柄柄刀威风凛凛地立在那里，气势不减。郧阳我还没有去过，只听说那里有一项非物质文化遗产，叫"凤凰灯舞"，每年元宵节会在闹市街头演出，人山人海，极是兴盛。春节和元宵，中国人最重要的节日，除夕大家在家团聚，到了十五元宵就纷纷走上街头，热闹狂欢。在我老家浙江常山，每年元宵都有龙灯盛会，板凳龙，花灯龙，彩金龙，一二十条龙灯会于县城，喧天锣鼓与鞭炮声中，龙灯舞遍每一条大街。这情景，竟是几年未见了。

元旦试笔：
读书喝茶

2022 年 1 月 1 日

开了空调，开了油汀，翻开一本书《伦敦人》。这本书每一页纸都是软软的。"世上只有一个伦敦，好比我也只有这么一个屁股。"这句话是泰晤士河上的一个船夫说的。莎士比亚则说："城市即人。"这本书记录的是对 80 多个伦敦人的访谈。

全书分为三个部分。每一个部分里又分成若干小组，比如第二部分就有"继续旅程""城市边缘人""城市供给者""一步步往上爬""艺术展示""寻欢作乐"六组，每组各有三至六个人的口述或访谈。翻开第一部分，"爱与性"这一组，有四篇文章，《爱的故事》《在国会山上相遇的情侣》《专业施虐者》《护士》。第一个故事，是一位在巴黎生活的巴基斯坦女孩的故事，她讲的故事很长，其中有一段可以抄录如下：

我现在有一个新的男朋友，我们准备搬到一起住。这让我感觉兴奋。我们在伦敦相识、相爱。这种感觉很不一样。我在这里能感到一种自由。我不再被监视的眼睛追着跑，也可以在没有干扰的情况下过自己的生活。在这座城市里，拥有各种各样故事的各种各样的人，都找到了自己。我可以给我的伴侣展示我的巴基斯坦文化中最好的部分，比如食物、电影和音乐。

他可以通过这些来了解那些塑造了我的文化……

第二个故事的主人公是一对情侣，他们十年前在国会山上相遇。当时是下午三点半，米兰在散步，彼得在遛狗，他们四目相接，彼此微笑。就是这么一个简单的情节，口述是两个人共同完成的，你一言我一语就讲完了这个简洁的故事。

第三个故事的主人公是一个专业施虐者。她的自述里有一段话，"伦敦是世界上最调皮而古怪的城市之一。我也不知道为什么。比起别的城市，这里有更多迎合各种性癖好的俱乐部，有更多提供专业服务的人……在这方面，不同国家之间的不同实在美妙。"

第四个故事的主人公是一位叫洁·休斯的护士，她有一句自白："可以说，如果这座城市里没有酒，我可能就失业了。"

我想说的是，为一座城市的精神画像是一件非常困难的事。是的，城市即人 —— 城市是这个地方一张一张的面孔，以及一张一张面孔所携带的生活共同构成的。城市是一个舞台，所有这些人在集体演出。问题在于，如果你是一位作者，试图为这座城市画像，找到那些演员聊天 —— 那么，你是否需要足够的样本？或者，是不是能找到典型的人 —— 谁才是这座城市的主人公，比如，也许既要有国会议员，也要有街头拾荒者。

一座城市越有趣，越丰富，应该去找到的人就越多，因他所代表的那个群体不管有多么小众，缺了他，这座城市就不完整。所以，这对于书的作者也是一个挑战。

还有你的立场 —— 有没有预设性，你想呈现这座城市的好还是坏，当然，我想你一定会十分客观的，但是哪怕没有预设，你对这座城市是否有好感，也或多或少，决定了你在潜意识里对这座城市的判断。

所以翻读《伦敦人》这本书的时候，尽管是在元旦这样一个休息日，我想的居然还是工作——这真是一个杰作。想想看，如果你要深入了解一座城市，那么去找这座城市里最有趣、最独特的人聊天就行了。做过伦敦人访谈的本书作者克莱格·泰勒，在完成此书之后，他对伦敦一定是非常了解的。从某个角度来说，他一定比伦敦市长更了解这座城市。

如果你在一座小镇生活，你也可以去找小镇上的几十个人聊天，并且记录下他们的生活——我觉得这或许也是一件值得做的事情。

最近几年，我和我工作室的小伙伴们也在做一件事，为地方文化和地方品牌的传播做一些努力。我们为雄安、杭州、上海、苏州等很多城市及临安、开化、常山、磐安、松阳、黄岩、仙居等县市做过此类工作，搜寻属于它们自己的故事，然后讲述和传播出去。不管城市或地方区域大小，甚至是一座小镇，有故事的人总是很多——困难之处在于，你如何在相对有限的时间内，快速找到那些人，而且还要"找对人"。

当然，伦敦这座城市本身已经足够有意思了，以其之大，栖身其中的人必然也足够有意思。所以《伦敦人》这本书超过了 500 页。不过，这本书一点也不枯燥，它是活生生的。每个人都是自己生活的主角，他们面孔清晰，言谈生动。

为城市作传，这几年颇有点蔚然成风，但是我以为，要能写出《光荣与梦想》那样的杰作恐怕不太容易。因为我们常常太注重宏大叙事了。或者说，这一类写作都太注意导向问题，以至于损失了文本的复杂性或多义性。一方面是价值取舍，一方面是技术局限，使得写作者常常忽略掉了那些历史中的小人物的故事，那些有血有肉有爱有恨的故事。我们看这本《伦敦人》就会发现，这座城市无法屏蔽掉那些边缘艺术家、犯罪嫌疑人、夜店门童、火葬场技工等，他们是这座城市丰富性的一部分，缺少了他们，不管是城市还是这本书都将黯然失色。

这不是一篇读书评论，而是我在 2022 年元旦这一天的阅读生活记录之一。这一天的内容还包括与家人一起去西湖边走了走，泡了一盏碗添了陈皮的红茶喝一整晚，收到《作家文摘》编选的三本散文书等等。其中最值得记一笔的是，下午去孤山时，蜡梅花都还没有开，林和靖和他的梅林都还很寂寞。最后我找来找去，终于发现一朵在枝头抢先盛开的蜡梅花也因此我多看了那朵蜡梅花一眼。

红茶是璟秋从宜兴寄来的，滋味清醇，伴我翻读《伦敦人》，泡了十水依然还有甜味。喝茶的文，是许久没有写了，时有朋友来问喝茶之书什么时候出版，或问喝茶文字还写吗，欲寄茶叶予我品饮。读书与喝茶，都是日常的事，自然都是要接着做的，人世艰辛，想来生活中最喜欢的其实也不过是这几样。

按照惯例，元旦要试笔，捎带着还试了茶也试了书，希望能为这一年起到好的示范效果 —— 先甭管好赖，一天天往下读书喝茶写字就好了，莫跑偏。

桑

2015 年 1 月 2 日

　　一月一日在乡下。乡下阳光清亮。天未明有鸡啼，于是又睡一场。上午推窗见白霜遍野。无风，树木都如画上一样默不作声。这时清亮的阳光从栗树枝头落下，我在屋外篱笆边坐着，暖意融融。读一本书，是周作人的《药味集》。

　　薄薄的小书，适宜闲读。母亲摊晒了两匾树叶，灰黑的，已经干了，我也看不出那是什么。我就坐在那里继续读书。周作人在这个集子里，有一篇《野草的俗名》，引起我的兴趣。文中写到几样野草，和我家乡的相近。有一种"官司草"，孩子们拿来斗草，断了的人就算输。这种斗草游戏，有如打官司，是双方力量的角逐。在日本，也有同样的玩法，而孩子们称那种草是"相扑草"。

　　手边一缸茶，是母亲自匾中取了两片树叶泡的。茶水漾着白雾，热乎乎地喝下，有着甘冽的口感。母亲说："这是桑叶茶，你喝喝看。你不是说嗓子不适吗？这桑叶泡水喝很好。"

　　村庄中原有大片桑田。往年养蚕的人多。桑田对孩子们最大的好处，是桑葚成熟时可以钻入桑林，吃到不想吃再出来。后来那些桑树大部分被砍掉了，这不意外，无非是养蚕效益不好。村庄田野中还大规

模地种植过白菊花，小雏菊一样的白菊花。它开花的时候，采摘后熏蒸的时候，全村都飘荡着白菊特有的清苦的香气。然而那一年，大家花费很多力气种植、采摘、熏蒸、摊晒，做好的白菊花却无人收购，最后倒掉了。房前屋后和沟渠边上，一地一地的白菊花。

我也采过桑叶。帮养蚕大户采桑，一筐桑叶五分钱，还是一毛，忘了，拿到一点零钱，可以到代销店里换糖吃。

古诗里经常可以见到采桑的句子，最有名的，是一个叫罗敷的采桑女。她可实在是美女啊，耕者忘其犁，锄者忘其锄，我要是遇见她，也会一头撞上电线杆的吧。然而这样美丽的采桑女，也只会在文人笔下，在诗句当中出现。若去真正的桑田中寻找，怕是找不到的，直到桑田变沧海也不行。

我有一位四川的朋友，姓桑。这姓有诗意。

乡下这几天很寒冷，万物经霜一打，就蔫了，枯了。丝瓜的藤，葡萄的藤，都瘦成了国画里的枯笔。地里的白萝卜，未及时采回，露出地面的一截就冻成冰碴，太阳一照又化冻，这半截萝卜就熟了，不堪吃。地下的半截，倒还可以收回来。青菜却不一样，经霜的"高梗白"，是愈发甜了。

桑树还有一些。霜后的桑叶在枝头挂着，手一碰簌簌作响。母亲采了回来，井水里清洗干净，就放在竹匾上晾晒。我把这一杯桑叶茶水喝完，再泡，再喝完，再泡，一本小书却还没有读完。

霜后的桑叶是好东西，泡水喝，清热止咳。枇杷叶也是好的，我小时候喝过。

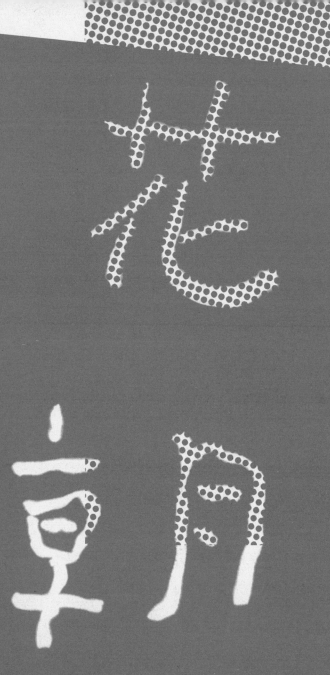

花朝

贰

花朝

百花风雨泪难销，偶逐晴光扑蝶遥。
一半春随残夜醉，却言明日是花朝。

——明·汤显祖

二月十五日为花朝节，盖花朝月夕，世俗恒言。二八两月为春秋之中。故以二月半为花朝，八月半为月夕也。是日宋时有扑蝶之戏。今虽不举，而寺院启涅槃会，谈孔雀经，拈香者麇至，犹其遗俗也。

——《熙朝乐事》

垂丝海棠、野草莓及 阿拉伯婆婆纳

2015 年 3 月 31 日

楼下七株还是八株垂丝海棠，开得明媚极了。

坐在阳光下读一本植物书。

植物书我有好些，《浙江野菜 100 种精选图谱》《浙江野果 200 种精选图谱》《中国的野菜》《野菜博录》《植物学通信》《植物传奇》《野外植物识别手册》等。

周六，与诸师友爬山。蒋老师退休之前是银行职员，爱好植物，爬遍杭州的山头。一路从长桥爬山，至太子湾公园。认得植物：山矾，山矾科老鼠屎，紫花堇菜，明党参，山莓，常春藤，紫金牛，紫背天葵，丝穗金粟兰，油点草，木通，野蔷薇，络石，薜荔，茜草，海金子，金线草。

山莓正在开花。在我老家，山莓就是野草莓，正好在网上订的一对音箱今天到了，晚上开声，用它听了钟立风的歌。有首《野草莓》，钟立风这样唱：

蹚过爱的河流

你吮吸着我的寂寞

我想和你一起

看电影　吃野草莓

看电影吃野草莓，是很有新鲜感的，很青春。至少比吃爆米花好了一百倍。

丝穗金粟兰，长得好看，花形如撕碎的样子，我们一路行来，都以为它的名字就是"撕碎金粟兰"。

木通这次又见到了，紫色的花开得很美。去年我在老家，与父母一道进山去看瀑布，结果在路上碰到三叶木通，就扯了一条藤回家种植，后来大半条藤都死了，剩了根茎还活着，这时节大约已经抽出鲜绿的叶片了。它的果实是很好吃的，土话叫"牛卵训子"，好听的名字叫"八月炸"，味同香蕉。

络石，是在石头上攀爬，好像是在联络石头，正如其名。

薜荔，也是一种在石上与树上攀爬的植物。我只依稀记得有"薜荔三千"的诗句，却怎么也想不起出处。百度搜索，居然也没有，也可能是我记错了。

"若有人兮山之阿，被薜荔兮带女萝。"上回在云南大理，吃到女萝。薜荔，早先在诗词里是经常出没的，薜荔攀爬在诗歌里。

络石的叶子是对生的，薜荔的叶子是互生的。

一路上有三个小孩同行，拾了不少松果与橡子。这又让我想起一首诗，是余光中的——

一粒松子落下来

没一点预告

该派谁去接它呢

满地的松针或松根

满坡的乱石或月色

或是过路的风声

说时迟

那时快

一粒松子落下来
被整座空山接住

这几句诗，我是真喜欢。默读之，好像时光都变缓慢了。

路旁还见到油点草，也是很有趣的：它叶片上一点一点，仿佛是油滴溅在上面。当时我就想，不知用洗洁精能不能洗掉"油点"。

我已许久没有到田里去。想起田野之间，这时节，满地的阿拉伯婆婆纳应该都开花了。

大概十年前，我就蹲在田野里认真地观察过阿拉伯婆婆纳。可惜，那时我并不知道它的名字。它细小的花朵，细小的蓝色花瓣，极简的四瓣造型，居然可以美成那样。花瓣上一丝一丝的深蓝脉络，像皮肤下的静脉。

后来每一次看见成片的阿拉伯婆婆纳，都忍不住要看好久。

在杭州的八卦田，也发现田埂上有许多阿拉伯婆婆纳。好像原是去看油菜花的。但是阿拉伯婆婆纳，比油菜花还要好看。

暗光下为阿拉伯婆婆纳拍照，照片就像暗夜的星空，阿拉伯婆婆纳的花，就是那闪闪的星星。

在这样一个春天，我被一树梨花挡住了去路。那是在兰溪。小村子隐在群山之巅。中午，我想走到田野中去，我知道不远的地方，有那层层叠叠的高山梯田，那儿已被金黄的油菜花所覆盖。我面前的小道有无数条，但我并没有慌张（没有人们惯常有的选择困难症），因为我早已知道随便走上哪一条小道都没有问题，我不用患得患失，前面铺满美景，每一条小道对我都很公平。于是我随随便便地走进了一条小道。过了不久，我就被一树梨花挡住了去路。接着是一小片紫云英。接着是一丛繁密的蔷薇科植物的野花。接着是一坡星星点点的阿拉伯婆婆纳（真的是老朋友一样随处可以见到）。接着是几株开着零乱白花的蓬蘽。然后是一片小野笋（那么瘦，长得有点着急）。然后是一群蜜蜂。然后是牛——就这样，我把要去看油菜花的事情完全忘记了。

我在山坡上，遇到一个采茶的老妪。我问她，今天采了多少茶。她说，大概有一斤吧。这一斤鲜茶，可以卖给进村收购的人，能卖四十元。这样说的时候，她感到心满意足。在她的手上，除了一袋刚采的茶叶，另一袋是刚拔的野葱，散发着新鲜的香味。她说野葱炒鸡蛋，用菜籽油炒

被一树梨花挡住去路

2016 年 3 月 28 日

起来是多么的香。是的，我几乎都能闻到那碗菜的香了。

这是春天的中午，在一个遥远的叫做新宅的小山村。我在村子里随意地走来走去，碰到任何一个不认识的人都可以和他在门前的石头上坐下来聊天。那么这时候，聊什么其实是不重要的。村民的心里装满了关于这个村庄的故事，就好像你随便捡起一小粒石子投进池塘，扑通一声，总能溅起一片大大小小的水花。

但是我是要到梯田里去。是的，你知道，这个村庄拥有一大片的梯田，在群山之巅，层层叠叠的梯田一直延伸到远方，远方是越来越淡的山影。我遇到的人都会告诉我关于这片梯田的故事。那是多年前的事了。村庄里的年轻人，他们扛着红旗，喊着口号，用锄头把山地刨平，用肩膀把石头扛走，用炮轰出石块，再把石块砌成驳坎，通过极为艰辛的劳动，把零零碎碎的边角料整成相对大块的田地。他们，是青年突击队，是妇女攻坚团，八九岁的红小兵也勇猛地投入其中。他们一天一天地干着，好像天底下再没有比这个更重要的事情。清晨他们在月亮地里干着，晚上他们在满天星辉下干着，就这样干了五六年，终于有了这么一片梯田。层层叠叠的梯田。往后，他们在那里种植粮食，收获粮食，春夏秋冬，雨打风吹。

然而，一转眼，那些人都老了。

跟我的老家一样，新宅这个村庄，再也留不住年轻人。所有人都往外面跑，我坐着聊天的那地方，一大排六七户人家只有四位老人留守。别看村里很多房子造得那么好，但是真的很少有年轻人住，大多时候空着。年轻人，都在外面世界挣钱，然后回来造新房。数十年间，这个村庄好像都沉寂着。一位曾经雄赳赳气昂昂跨过鸭绿江去抗美援朝，后来又带领大伙儿雄赳赳气昂昂扛着锄头去造田的老人告诉我，这个村庄已经许多年听不到什么动静了。村庄的一切都在老去。

就在这个春天，村庄里突然地涌动起一种生机。这个村庄在城市里工作和生活的年轻人，他们进入了一个群。那个群叫做"乡愁在新宅"，越来越多的年轻人加入了。后来那个群的名字悄悄地变了，变成了"共建美好新宅"，直到我去的那天，那个群已经有了三百六十多人。他们在那个群里干什么？当然不是为了发红包和抢红包，而是——嗯，故事很多，一言难尽，等有空的时候我再说给你听吧。大体说，他们是想让新宅，这样一个沉寂了几十年的小山村来一次巨大的变化。既然是变化，那么，困难一定是有的，变化也并不是那么容易达成的。要做的事情很多很多。他们隔三岔五、三五成群地回来，回到那个小山村，促膝长谈，相互商量，酝酿着一场从这个春天开始的变局。

——那片高山梯田于是变得生动起来了。

——那些梨花、油菜花、紫云英，那些田埂、农具、牛们也变得生动起来了。

那一片高山梯田大约会生长出一些新的故事来吧？不然那么多山外的客人为什么会来到这里？不然那么多领导为什么会来到这里？不然那些早已离开了村庄的年轻人，他们为什么又重新回到村庄？他们在那里兴致勃勃地爬山，下田，倾听父辈们的故事，现在他们大概是要真正开始讲述自己这一辈人的故事了。

我在村庄里走来走去，聊了天，拍了照。我离开的时候村民让我有时间再去。我想我一定会再去的。而且，我还想

有机会带着你一起去，去那个叫做新宅的村庄。我想有时唤
我们回去的，不只是心里的那一抹乡愁，一定还有村庄里的
一片花儿，或者那一片田；你回去的地方也许不是新宅，但
在你心中一定会有一个跟新宅一样的地方。

南宋淳熙六年（1179）三月，孝宗到德寿宫，请太上皇、太后一起去西湖的聚景园看花。《武林旧事》中记载：

> 遂至锦壁赏大花，三面漫坡，牡丹约千余丛，各有牙牌金字……又别剪好色样一千朵，安顿花架，并是水晶、玻璃、天青汝窑、金瓶，就中间沈香卓儿一只，安顿白玉碾花商尊，约高二尺，径二尺三寸，独插照殿红十五枝。进酒三杯，一应随驾官人内官，并赐两面翠叶滴金牡丹一枝、沈香柄金丝御书扇各一把……

一枝簪不住

2023 年 2 月 11 日修改

在爱花行为所体现出来的生活追求与风雅上，皇帝与平民体现出精神上的同一性。宋人的日常生活，都有瓶花相伴。

例如，淳熙三年（1176）五月二十一日，高宗赵构七十岁生日。一大早，孝宗就率皇后、太子、太子妃、文武百官到北内德寿宫，来为太上皇祝寿。

德寿宫内百官帽带簪花，礼乐典仪祥和井然。一系列的繁文缛节过后，孝宗侍候太上皇到寝殿吃早饭。然后一起到射厅，看百戏，赏赐，休息。午时二刻（十一点半），太上皇到德寿宫，自皇帝以下，皆簪花侍宴。

簪花，一个很有趣的细节，其实在宋代，

簪花是非常普遍的日常生活场景。簪花者，不分性别、年龄、阶层、贫富，不仅宫廷贵族、文人士大夫簪花，普通市民也爱簪花，隐士高人爱簪花，连绿林好汉也会簪花，《水浒传》里的浪子燕青就是如此，"腰间斜插名人扇，鬓畔常簪四季花"。

关于簪花的习俗，根据目前的史料来看，最早出现在南北朝，兴于唐朝，风靡于两宋。在宋代，簪花属于全民的日常行为，重要的节日当然要簪花，比如端午簪朵石榴花，重阳簪朵大菊花，在一些喜事发生的时候更要簪花，比如登科及第，簪花骑马而归；簪花更是上升到宫廷典仪的高度。

《宋史·舆服志》的"簪戴"条目有明确规定：

幞头簪花，谓之簪戴。中兴、郊祀、明堂礼毕回銮，臣僚及扈从并簪花，恭谢日亦如之。大罗花以红、黄、银红三色，栾枝以杂色罗，大绢花以红、银红二色。罗花以赐百官，栾枝，卿监以上有之，绢花以赐将校以下。太上两宫上寿毕，及圣节、及赐宴、及赐新进士闻喜宴，并如之。

由上文可知，不同品级官员、不同的场合，簪花有不同的规范。国家大典如中兴、郊祀、恭谢、两宫寿宴、新进士闻喜宴等场合，臣子们都须簪花，簪花的品种也有不同要求。

1186 年，高宗八十岁生日时，杨万里写了十首诗，《德寿宫庆寿口号十篇》，其中一首写道："春色何须羯鼓催，君王元日领春回。牡丹芍药蔷薇朵，都向千官帽上开。"

南宋画家苏汉臣有一幅画作《货郎图》，画中一个货郎壮汉鬓边簪一枝花，浓眉大眼，神情却甚是娇媚，颇为有趣。

辛弃疾到了六十多岁的时候，也写过一首词《临江仙·簪花屡堕戏作》：

鼓子花开春烂漫，荒园无限思量。今朝拄杖过西乡。急呼桃叶渡，为看牡丹忙。不管昨宵风雨横，依然红紫成行。白头陪奉少年场。一枝簪不住，推道帽檐长。

烂漫春日里，一个发疏齿摇的老人拄着拐杖急急去看花，老人也想跟年轻人一样，把花簪在头上，可是头发已经稀疏，簪花屡堕，老人随即自我解嘲，推说帽檐太长。一个富有情趣的春日看花图景，一位可爱天真的老人形象，都跃然纸上。

南宋时，宫中一直把花作为生活里的重要内容。北内德寿宫中，栽种诸多奇花异草自不必说，每到花开之时，高宗都会各处赏花。南内的园林，也是效仿西湖景物营造的，"梅堂赏梅，芳春堂赏杏花，桃源观桃，粲锦堂金林檎，照妆亭海棠……台后分植玉绣球数百株，俨如镂玉屏；堂内左右各列三层雕花彩槛，护以彩色牡丹画衣，间列碾玉水晶金壶，及大食玻璃、官窑等瓶，各簪奇品，如姚、魏、御衣黄、照殿红之类几千朵；别以银箔间贴大斛，分种数千百窠，分列四面；至于梁栋窗户间，亦以湘筒贮花，鳞次簇插，何啻万朵。"

上文中的"姚"，姚黄，牡丹名品之一，黄色，传说出于五代洛阳的姚氏。"魏"，魏紫，牡丹名品之一，紫色，传说出于五代后周宰相魏仁浦家，故曰魏。

这段记载，同出自周密的《武林旧事》，凭借这些文字，可以想见宫中赏花之盛景及巨大耗费，用具都是"象牌""碾玉水晶金壶"之类的东西，以及各种名贵品种的花朵，动不动就是数千朵。

扬之水在《宋代花瓶》的开篇说：

瓶花的出现，早在魏晋南北朝，不过那时候多是同佛教艺术联系在一起。鲜花插瓶真正兴盛发达起来是在宋代。与此前相比，它的一大特点是日常化和大众化……

在宋人的审美之中，花与其他事物一道，构成了一个独特的审美世界。在宋徽宗的画作《听琴图》中，松荫之下，抚琴焚香，弹琴人（据说是宋徽宗的自画像）的正前方是一座叠石假山，假山上就是一瓶插花。不仅文人、士大夫如此，寻常人家都热爱插花。《夷坚志》提到一名市井女子爱花成痴：

临安丰乐桥侧，开机坊周五家，有女颇美姿容，尝闻市外卖花声，出户视之，花鲜妍艳丽，非常时所见者比，乃多与，直悉买之，遍插于房栊间，往来谛玩，目不暂释。

市井商家，同样爱以插花来装点门面。《梦粱录》中说："今杭城茶肆亦如之，插四时花，挂名人画，装点店面。"杨万里还有一首诗《道旁店》写道："路旁野店两三家，清晓无汤况有茶。道是渠侬不好事，青瓷瓶插紫薇花。"

宋人的插花时尚，自然带动起一个兴隆的鲜花市场。南宋临安城的三月，花市热闹非凡，各种鲜花争奇斗艳，《梦粱录》中记：

　　春光将暮，百花尽开，如牡丹、芍药、棣棠、木香、酴醾、蔷薇、金纱、玉绣球、小牡丹、海棠、锦李、徘徊、月季、粉团、杜鹃、宝相、千叶桃、绯桃、香梅、紫笑、长春、紫荆、金雀儿、笑靥、香兰、水仙、映山红等花，种种奇绝。卖花者以马头竹篮盛之，歌叫于市，买者纷然。

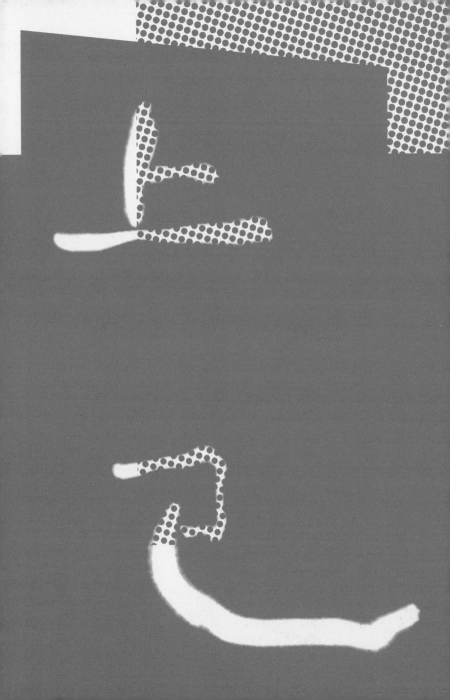

上巳

水边一席茶
036-038

棕鱼
039-041

叁

·注：上巳节，俗称三月三。史料记载，春秋时期就已流行上巳节。祓禊，也称为修禊，古人消除不祥之祭。"暮春者，春服既成，冠者五六人，童子六七人，浴乎沂，风乎舞雩，咏而归。"即上巳节祓禊之景。这一天，无论平民百姓还是王公贵族，都要临水祓禊，祈祷平安。

上巳日州园

地上多于枝上花，东楼凝望惜年华。
潮头正对伍员庙，燕子争归百姓家。
粉籜渐高山径笋，绿旗初展石岩茶。
流芳自与人兼老，尊酒相逢莫重嗟。

——宋·蔡襄

《续溪志》云：三月上巳，官民皆禊饮于东流水上，洗祓宿垢，谓之祓禊。唐人上巳，曲江倾都禊饮。……龙游县：上巳，以纱葛衣出曝，谓之凉夏，相率抵风翔洲，赴佛会，以当祓禊。

——《钦定古今图书集成·历象汇编·岁功典》第三十七卷《浙江志书》

水边
一席茶

2023 年 2 月 12 日

无意中读到吕温的《三月三日茶宴序》。

三月三日，上巳，禊饮之日也。诸子议以茶酌而代焉。乃拨花砌，爱庭阴，清风逐人，日色留兴。卧指青霭，坐攀香枝。闲莺近席而未飞，红蕊拂衣而不散。乃命酌香沫，浮素杯，殷凝琥珀之色。不令人醉，微觉清思。虽五云仙浆，无复加也。座有才子南阳邹子、高阳许侯，与二三子顷为尘外之赏，而曷不言诗矣。

吕温与柳宗元、刘禹锡等人是好友。这篇文章记录了唐代一场美好的茶宴。唐代煎茶，宋代点茶，"酌香沫，浮素杯，殷凝琥珀之色"，我是很想穿越时空去参与一场这样的茶会。唐时的饮茶，已经形成了一整套的规矩和讲究，而陆羽结庐苕溪，写出一部《茶经》，使饮茶这个行为得以大范围普及，并使饮茶具有了审美的高度。

喝茶，并且产生"尘外之赏"，这是茶的力量。

读这篇文章的时候，我想起在泰顺寻访廊桥时，于山野之间的刘宅桥遇到采茶人的情景。因记之于《流水辞》一书中，遂摘录数段于下：

木平桥所建之处，一般都是溪面并不太宽的溪流上。此桥古朴极了，桥下细流无声流淌，估计此桥在漫长时光里相对安全稳固。我坐在桥栏长凳上，眼望刘宅村庄发怔。过了一会儿，一老妪斜挎背篓往桥上走来。老妪一身靛青衣服，戴一双袖套，头上一顶宽大竹笠，这一身装束颜色沉静极了，像是从春天的深处走来。我下意识拿起相机按了两张照片。老妪笑了，近前时，我才发现她的背篓里，是满满的一篓茶叶。

虽是春时，我却没想到这大山里开采的时间这么早。公历三月一日，农历是正月十八，惊蛰还没有到，山上的杜鹃花也还没有盛开。此时就可以采茶了吗——泰顺处在浙南，是浙江的最南端了，气温是比浙北要高一些，其他地方的春天还姗姗来迟，这里就早早暖和起来。从泰顺再往南走一点，就是福建的福鼎，自古出白茶的地方。泰顺山多，层峦叠嶂，峡谷深幽。海拔在千米以上的山峰有 179 座，大小溪流有 100 多条。峰回路转，溪流萦绕。这样的地理方位与生态气候，有利于生长好茶，泰顺出茶，也就顺理成章。

当时陪我去山中寻桥的包同学说，采茶老妪的这些绿茶鲜叶，那几天价格极高，收青的人拿了去，做成"三杯香"。"三杯香"，是泰顺的名茶。我记起来，头年冬天在泰顺四处转，到哪里都能喝到一盏香香的绿茶，也就是"三杯香"了。"三杯香"是泰顺的传统风物。明崇祯六年（1633）的《泰顺县志》记载："茶，近山多有，惟六都泗溪、三都南窍独佳。"

我想到，若是有机会，在泰顺这样的高山深谷之间，在古老的廊桥之上，就地展开茶席，那是多么好。便从溪中取清冽之水，煮水煎茶，听松风，观流云，静静喝茶，仿佛人与廊桥，与山水松风流云一样古老。

说到三月三的禊饮，一定会想到王羲之和发生在永和九年（353）的那一场千古聚会。"群贤毕至，少长咸集。此地有崇山峻岭，茂林修竹；又有清流激湍，映带左右，引以为流觞曲水，列坐其次。虽无丝竹管弦之盛，一觞一咏，亦足以畅叙幽情。"

兰亭雅集太美好了，以至于后世文人雅士常常追慕而效仿。北宋王诜主持了西园雅集，也流芳千年。《西园雅集图》的版本很多，北宋的李公麟第一个画下这次雅集，之后南宋的刘松年、马远，元代的赵孟頫，明代的唐伯虎、仇英，近代的张大千也都画过这次雅集。"密云双凤，初破缕金团。窗外炉烟似动，开瓶试、一品香泉。轻淘起，香生玉尘，雪溅紫瓯圆……"这是米芾的文字，炉火生起，茶烟袅袅，众人扶琴唱和、打坐问禅，极宴游之乐。

今人是没有机会再去体验兰亭雅集或是西园雅集这样的宴饮了。有幸在景宁参加过一次三月三的畲族歌会活动。三月三是畲族的传统节日，这一天年轻男女祭祖先、拜谷神、对山歌，热闹非常。景宁是全国唯一的畲族自治县。三月三的活动，至今仍绵延流传。

这样的时节，也可以携一茶席，约二三好友往山中去。山歌绵长，二三子在水边同坐，取山泉，煎茶汤。即便不再有唐时月色、宋时风雅，一壶简单至极的绿茶，想必也是可以喝出无限悠远的情意来。

远人兄，近时春雨连绵，我在乡下小住，推窗而望，万般草木都是清鲜无比。黄昏时，见白色的雨雾中，一人一牛，一前一后，从远山薄影中逶迤而来。及至近了，乃看清是犁田之人，头戴竹笠，穿了一副灰黑的蓑衣，赤脚走在归家路上。

请他檐下小歇。脱下的蓑衣，挂在锄头柄上，尚在滴滴答答淌水。我对这蓑衣很有兴趣，因如今已不常见了。问了，得知是犁田佬的父辈留下的物件，算来已有五六十年；在蓑衣的背后，依稀仍能看出毛笔写就的字迹。

父亲说，这将成老古董了。似已无人能结制蓑衣，穿的人也少。雨衣、雨伞，轻便灵活，谁还穿这沉重的蓑衣呢？然而犁田佬却摇头，说雨衣雨伞都不行，下田做事，还是这蓑衣好：透气。

蓑衣，在我小时，谁家没有一件两件呢？雨天干农活，必不可少之物。但小孩子不愿意穿，一是又大又重，小孩穿大人蓑衣，十分吃力；二是棕毛粗粝，娃儿皮嫩，经不起刺，也经不起磨。

蓑衣是用棕树皮穿制而成。棕树，我乡人称为"棕榈披"，它是亚热带植物，然而在乡下常见的植物中，颇显得有些另类——应是草木之属，而看似又非草非木，

棕鱼

2014 年 5 月 13 日

亦草亦木，草中之木，木中之草也。棕树树干圆滚滚一根，枝端四散披下叶片 —— 它的叶片，撕成丝缕，我们常用来包扎粽子，也常用来捆扎别的东西。

棕树每年可以剥两三次棕片，棕片是极有用的，可以绷床、制椅、结绳、扎帚，然而最常见的，还是织成蓑衣。棕片制绳，据说入土千岁不烂。用来做雨具，也可以用几十年而不坏。

远人兄，你可知道，棕树上，竟也有可以吃的东西，便是棕树的嫩花，也叫棕鱼。每到三月，棕树茎端叶柄之间，出数个黄苞，形状似鱼。折下整个棕鱼，剥开苞衣，便能看到里面嫩黄而密集的"鱼子"。"赠君木鱼三百尾，中有鹅黄子鱼子"，这是苏东坡的句子，正是说的棕鱼。

吃棕鱼，要趁嫩，老了便苦。《山家清供》里也写到棕鱼，书中称之为"木鱼子"，把木鱼子蒸熟，与笋一样的烹饪法。水煮之后，去掉一定的清苦味，用腊肉片炒起来，味道清香而有回甘。若用蜜煮，醋浸，则可以带到千里之外。

棕鱼，这种棕树枝头未绽开的花穗，作为食材的一种，在我老家并不怎么招人追捧。我在雨夜读书，读到木鱼子，方才想起小时候，曾见过有人将它煮起来吃。我们那时往往更多是折了下来玩，掰成一块一块，到处扔掷。现在看到有人说，其貌不扬的棕鱼，竟是许多地方人所珍爱的美味，不禁觉得自己真是暴殄天物了。可惜，可惜。

苏东坡还说，这棕鱼，"蜀人以馈佛，僧甚贵之，而南方不知也。"既是花，取之无害于木，而宜于饮食。到了元代，棕鱼仍是招待贵客的一道佳肴。元代诗人洪希文，在山中农家作客食了棕鱼后，即兴作诗两首以谢主人。诗题《食棕笋主人请赋》，其中有"且赏珍奇类鱼子，莫将同异别龙孙"之语，足见其人对棕鱼的喜欢。

棕鱼若不食用，一月后，即绽开苞衣，四散垂挂。在墨绿纷披的棕叶间，棕鱼是默默的一抹鲜黄。再过不久，棕鱼就结成籽了，一串一串硬圆的棕树籽，我们常取来充当弹弓的子弹。除此之外，似别无他用。

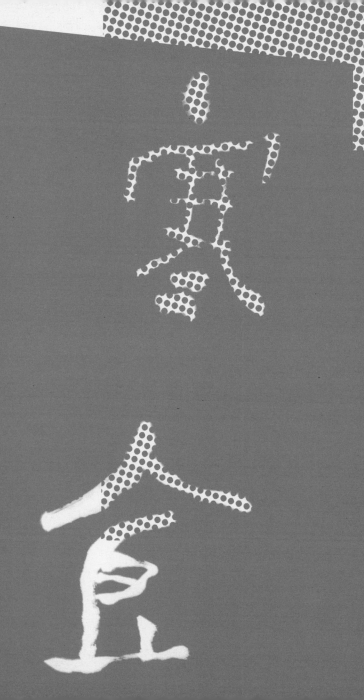

寒食

寒食

宋·赵鼎

寂寂柴门村落里，也教插柳记年华。
禁烟不到粤人国，上冢亦携庞老家。
汉寝唐陵无麦饭，山溪野径有梨花。
一樽径籍青苔卧，莫管城头奏暮笳。

清明前三日为寒食节，都城人家皆插柳满檐，虽小坊幽曲亦青青可爱，大家则加枣㗱于柳上，然多取之湖堤。有诗云，莫把青青都折尽，明朝更有出城人。

——《乾淳岁时记》

肆

苏东坡
的 寒食节

2023 年 2 月 12 日

一段时间没事，在家中闲居。其实不管有事没事，人总要留点儿时间出来，放空，就像一篇文章，段落与段落之间要有空隙，这是呼吸的节奏。偏有人，写东西每段都有好几百字，大段连着大段，读得人一口气都顺不过来。

闲居时，就胡乱写字。随手拿了一本字帖临起来，居然是苏轼的《寒食帖》。我们常说，笔墨之间可以贴着一个人的心意。诗词文章当然是如此。读一个人的文章，读得越多，就对这个作家越熟悉、越亲近，有时候甚至比家人还要近。写作者极其细微幽深的情感，就藏在文章的气脉里，而日常生活中的交流，粗疏一点，反而不大容易接收得到。笔墨的另一层意思，是手迹，一笔一画，藏着书写者的情绪和呼吸，笔触的节奏、轻重、疾徐、张弛，流露着书写者当时的气息。一件作品，写完就写完了，书写者可以掷笔而去，作品却穿越时间流传了下来。经数百年、逾千年的风雨沧桑和时光磨蚀，墨迹虽淡去，细节虽损失，又经印刷复制而有失真，但是，不可思议的是，笔墨之间的气息与情意，依然顽强地留存下来。

所以，临苏东坡的《寒食帖》，就不免被他笔墨里的情绪所感染，愈写愈静，

愈写愈凉。不免去想，这是什么样的心境呢？"自我来黄州，已过三寒食。年年欲惜春，春去不容惜。"那一年是公元1082年，他四十六了，因"乌台诗案"被贬到黄州的第三年。经受了人生里的沉重打击，仕途不顺，生活也相当窘迫。没什么事情可干，只好劳作耕种，这种心情，自是十分寂寥的。

"今年又苦雨，两月秋萧瑟。卧闻海棠花，泥污燕脂雪。"海棠花被风雨摧残，落于泥污之中。在此之前，苏轼意气风发，在此之后，他浪迹天涯，卑微如海棠花落入污泥。蒋勋说，这里的"花"与"泥"笔画都连在了一起，"美丽和卑微是可以和解的。他要转化了，他用花跟泥来做一个心情上的领悟。"

后面的诗句就更落寞了，"何殊病少年，病起头已白"，不是真病，可是这种人生的打击不亚于一场大病。《寒食帖》里的第二首诗，心境也是一样低郁，风雨之中，自己的小屋如一叶渔舟，漂泊在蒙蒙水云里。苏东坡此后的命运，也没有比这一年寒食所写的情况更好，他一再被贬官，越贬越偏远，每一次的贬官，都是皇帝对他的惩罚。可是，对于苏东坡来说，他精神世界里最强大的东西，就在这种境遇里被激发出来了。

这是一个真性情的人 —— 从《寒食帖》的字里行间看出来，这满纸苍凉、无边孤独里，体现了一个人的真性情，自由、洒脱。祝勇说："饱经忧患的苏东坡，在46岁突然了悟 —— 艺术之美的极境，竟是纷华剥蚀净尽之后，那毫无伪饰的一个赤裸裸的自己。"艺术之难，不是难在技巧，而是难在不粉饰、不卖弄，难在能够自由而准确地表达一个人的内在心境。仕途不幸，艺术之幸，苏东坡的这幅字，让同样是大书法家的黄庭坚赞叹，视为旷世神品："此书兼颜鲁公、杨少师、李西台笔意，试使东坡复为之，未必及此。"

在公元 1082 年，写出《寒食帖》的同一个春天，苏东坡还有一首流传千古的词作，《定风波·莫听穿林打叶声》。一个处于无尽孤独中的词人，写出了"竹杖芒鞋轻胜马，谁怕？一蓑烟雨任平生"这样的句子。

"回首向来萧瑟处，归去，也无风雨也无晴。"读起来，这多像一位历尽沧桑、世事洞明的老者回顾一生的总结。但事实上呢，他也不过四十六岁。只是，经历许多坎坷之后，他已经悟到了一点东西，也获得了某种力量，而这一点东西、这一种力量，都将帮助他更好地行走人生后面的道路。

后来，我又读了苏轼的另一首词，发现也是寒食时所写——

春未老，风细柳斜斜。试上超然台上看，半壕春水一城花。烟雨暗千家。寒食后，酒醒却咨嗟。休对故人思故国，且将新火试新茶。诗酒趁年华。

这首诗作于公元 1076 年，他四十岁。这一年春天，他登超然台，眺望春色烟雨，触动乡情，写下此作。此时他已由杭州移守密州，也就是今天的山东诸城，在那里担任知州。寒食过后是清明，苏轼没法回乡扫墓，遂有乡思愁绪，然而，他的情绪随即就又是明亮的了，"且将新火试新茶"。寒食节过后，要重新点火，这叫做"新火"。新茶，就是明前茶，在宋朝，这是多么好的茶叶。

好就好在，我读这首词，是在临《寒食帖》之后，忽然有了一种时空倒流的感觉——日子往前看，四十岁的苏轼意气风发，诗酒趁年华。趁年华尚在，吟诗醉酒，快意人生。有了这样洒脱快意的人生观，哪怕后来有贬谪黄州的苍凉孤寂，又有一贬再贬的无尽萧瑟，也没有问题了，他的内心有一种力量，是可以把这一切扛过去的。扛过去了，他才成为苏东坡。

谁怕？一蓑烟雨任平生。

杭州
赏春 妙趣

2021 年 4 月 7 日

杭州赏梅之处甚多，远的如余杭超山，近的如灵峰。孤山看梅花，取其清静，毕竟是高人隐居之地。梅花的缟素襟怀、冷香滋味，恰与隐者心性相合。当年林逋在此，不知不觉种下三百六十株。梅妻鹤子的生活，端的是十分悠然，即便郡守来访，林逋也不亢不卑，怡然与之交接。对慕名来看梅者，林逋也不拒绝，只是书几个字于门板上：

休教折损，尽许人看；不迎不送，恕我痴顽。

有人来访，林逋则欣然接见，绝不拣人辞避。但他本是高人，流俗之辈哪敢轻易登门，即便薄有才名，言谈之间若无甚高论，那也坐不住呀。唯有那种"我们站着，不说话，就十分美好"，实属难得，大多数人又达不到这样的境界，不如不见。否则林逋又何必住到孤山一隅来呢？

林逋的梅花诗句太多了，最为人传诵的是那一句：疏影横斜水清浅，暗香浮动月黄昏。

今天的人去孤山寻梅，若心中没有一点点地想起他，也没有一点点地忆及"暗

香浮动月黄昏"句，那么这一趟赏梅，是眼前有梅、心中无花了。孤山的梅花，品种主要有江梅、绿萼、细枝朱砂等。沿孤山后水边漫步赏梅，梅影摇曳，香意浮动，使人叹一口气：林逋与梅花，真也是千载一遇，相互成全。陶渊明种菊，林逋植梅，种着种着，菊和梅就成了他们的符号。若菊和梅没有遇到他们，将是多么寂寞。

2

这个春天，杭州最接地气的花，就是油菜花。

孩子们春日郊游，常选的地方就是八卦田。八卦田的管理者引进种植了多彩油菜花，花色除普通的黄色外，还有金色、淡黄色、橙色、淡粉色以及淡紫色。

有的家庭带着零食盒饭，到中午走累了，就在田边草地上摊开垫子，休息用餐。春日阳光晒得身上暖暖的，四面鸟鸣蛙叫，蜂蝶飞舞，一派恬然自得的田园意趣。

在八百多年前的南宋，这儿可是皇家的籍田。每年的立春，皇帝就在这儿亲自耕田，既是一种带头示范，也是一种祭祀仪式，保佑天下风调雨顺，五谷丰登。民以食为天，国家每年的大事里，农业算得头一件，岂能大意？

如今，八卦田成了离市民最近的一块农田。四季之中来到八卦田，各有不同的景色，春有菜花，夏有蔬果，秋有番薯，冬有萝菘，可以说是四时皆美。

3

杭城春事，岂能少茶？每年从春分到谷雨，天下茶客会集于龙井村、梅家坞村、双峰村等地，采茶的、炒茶的、喝茶的、买茶卖茶的，茶事纷纷，茶香飘荡。

春分前数日，龙井茶开始全面采摘，首采品种是"龙井43 号"。这一品种是 1987 年才选育出来的，其得名来自两个部分，龙井指的是西湖龙井产区的群体选育种群，43 是当时排名的编号，第四排第三号。明前龙井最是鲜嫩，最好用虎跑泉水来冲泡，好水好茶，可以醉人矣。

明媚春光之中，采茶女双手翻飞，摘下一枚枚漂亮的顶芽，茶篓中春色渐浓。连绵茶山之上，梨花也在开放。花香茶香，就这样在春山上荡漾。

每每此时，茶人会把茶席搬到茶园之中，打开视频直播，衣袂飘飘，一边啜饮，一边吹风，茶就八两半斤源源不断地卖出去了。

山里的朋友给我发消息，问我什么时候可以去喝茶。早春的龙井茶，一天一个价，历来卖得贵。前几天的一斤新茶，要卖到一万多元，这几天稍好一些，二千到四千多元为多。茶客纷至沓来，只为那一口新茶香。

4

只知道天目笋甚美，西溪的鱼虾很多，却不知道西溪笋也如此有名。

中国人的饮食，讲究"不时不食"。春笋之美，历来受到食家称赞。李渔说：

此蔬食中第一品也，肥羊嫩豕，何足比肩。但将笋肉齐烹，合盛一簋，人止食笋而遗肉，则肉为鱼而笋为熊掌可知矣。

　　清明节前，我去龙井村茶农家中吃饭喝茶，中饭桌上就有一道油汪汪、鲜嫩嫩的油焖笋，引得上海客人连声称赞。饭后，一人一杯新茶在手，茶烟袅袅，真是无上春色，尽在眼前。

　　煨笋好吃，在煨笋之前，春日林下挖笋更是一件清逸的事情。对那些尚在泥中的"黄泥拱"，如何通过泥面上的蛛丝马迹，判断出泥下有笋，继而勘探发掘出来，实有无穷乐趣。听一位住在城西的朋友说，西溪路靠大龙驹坞那边，山上多毛竹，每到仲春，就有很多人在山上挖笋，一麻袋一麻袋往下挑。那些笋，有的很大，简直像炮弹一样壮观。

　　我在浙西生活时，常隐入春日竹林之中，耳听竹叶簌簌之声，眼观丛林泥迹之色，鼻中充盈草木清芬之气，身负春阳暖暖之意，人处山野丛林无人之境，唯空气、阳光、草木、清风在怀，俄而汗出酣畅，加之掘获若干大笋，心情畅快，歌之啸之，实乃逍遥之乐也。

清明

端午

清明

端午

清明

端午

端午

陆

端午节，又称端阳节、龙舟节、重午节、天中节等，日期在每年农历五月初五，是集拜神祭祖、祈福辟邪、欢庆娱乐和饮食为一体的民俗大节。

清明

伍

中国民间传统节日，源于二十四节气之一的"清明"，时间在每年公历4月5日。民间习俗于这一天扫墓，以祭祀祖先。

捌

七夕

七夕节由星宿崇拜演化而来，为传统意义上的七姐诞，因拜祭"七姐"活动在七月七日晚上举行，故名"七夕"。

柒

六月六

六月六：六月六，在民间被称为天贶节、姑姑节、翻经节等。这一天的传统民俗活动有回娘家、晒虫虫等。

六月六

七夕

七夕

六月六

七夕

中国人的时间哲学

仪式
岁时礼俗之美

六月六

清明

伍

清明时节雨纷纷，路上行人欲断魂。
借问酒家何处有，牧童遥指杏花村。

清明

——唐·杜牧

清明，湖州进紫笋茶。

——《岁时杂记》

清明日，都人出郊，往往就芳树之下，或园圃之间，罗列杯盘，互相劝酬。抵暮而归，各携名花异果，山亭戏具，谓之门外土仪。轿子即以杨柳、杂花装簇顶上，四垂遮映，缓入都门，斜杨御柳。醉归院落，明月梨花，最为盛景。是月季春，万花烂熳，牡丹、芍药、棣棠、木香、种种上市，卖花者歌叫之声，清奇可听。

——《东京梦华录》

西湖龙井

2020 年 2 月 15 日

龙井压得薄薄的，像静栖于碗底的羽毛。有白毫显现，如羽毛散发光泽。去年清明前一日，去西湖龙井村，在当地茶农家里吃饭喝茶。他们家有幢别墅，自家小院里小桥流水，草木葱茏，师傅在楼下炒茶，茶香飘荡在一座楼里。

龙井茶不便宜，明前龙井尤其贵。有天，偶然看到《新民晚报》副刊上，有个老茶客深情回忆他 1983 年在杭州买茶的经历。那年春天，他到杭州采访，住在西湖边，恰看到方上市的明前特级龙井，真是天价。他咬牙花了八百元，买了两罐半斤的龙井。营业员很热心，见他是住店客人，对这极品龙井不太了解，生怕他轻慢了这茶中尤物，特意好好地介绍了一番，由此，他被这以色绿、香郁、味醇、形美四绝闻名于世的龙井深深折服，每每品饮茶汤，沁人心脾，齿间流香之时，觉得那天价花销太值了。

1983 年的八百元，是什么概念，我不是很清楚。应该能在小县城买一百平方米的房子了？

一般茶客都知道，绿茶应密封好放在冰箱冷冻保存。我有一回，把二两茶叶放冰箱冷冻，结果过了两年才翻出来。放忘了。这次没有放冰箱，而是一仍其旧，只用内

部塑膜的牛皮纸八角包包着，绳子一系，搁在书架上。到了这会儿拿出来喝，依然是颜色鲜活、香气清高。

泡绿茶，得讲究泡法，先用七八十度的水冲一下，让茶醒一醒。否则滚水当头一冲，就把茶叶给浇坏了。温水醒过以后，再加注热水，茶烟缓缓上升，茶香被激发出来，芽叶缓缓舒展，竖立起来，在杯中浮浮沉沉，然后悬浮在中部，望去如水中森林。这是绿茶的喝法。

浙江有很多种绿茶。我在衢州时，喜欢喝开化龙顶，那也是极好的。或者说，不亚于龙井。开化也是我极喜欢去的地方。春天的开化太美了，油菜花开时，漫山层层叠叠都是明媚的颜色，倒映在水中，那真是叫一江春水。宁波的奉化，出一款绿茶，有人起了个好名字，"奉茶"。我们在奉化的南山上住过一晚，看见满山的采茶女早出晚归，觉得生活不易，每杯茶也不那么容易 —— 的确应当珍惜。

有位建筑师朋友，工作室扩大搬迁之前，坐落在外桐坞村一号。工作室落地窗外，就是满山茶园。春天我去他那儿玩，茶园雨雾蒙蒙，房东在自家门前炒茶，茶香袅袅啊。一人一杯绿茶在手，站着就把事儿愉快地谈了，临走，朋友又塞给我两包新茶。二月十五日记之。

喝 不完 绿茶

2021 年 4 月 20 日

谷雨这天要喝茶。当然是绿茶。喝谷雨茶，说是有特殊的功效，例如特别的清心明目、清凉解毒，诸如此类。应该是一个习俗吧，功效不功效的，倒不必那么讲究，姑妄言之，姑妄听之。谷雨，这个节气的名字真是欣欣向荣，谷得雨而生，嫩嫩绿绿一片，好看得紧。

明代钱塘茶人许次纾，在他的著作《茶疏》中说到采茶的时节，"清明太早，立夏太迟，谷雨前后，其时适中"。现在大家采茶，都要赶早，谷雨自然是迟了，连清明都嫌迟了，明前最好——明前茶价格高；过了清明，茶叶是一天一个价，跟过山车似的跌。今年龙井茶什么时候开采的，我是忘了，查了一下报纸，是公历三月十二日（农历正月廿九），这时候春分都还没到；正月十八，我在泰顺乡间采访，已然看到茶园里满是采茶的农妇了。不过，泰顺属浙南，气温要比钱塘高好些，采茶时节提前一些，是可以理解的。

一年到头，也就是春天里最适合绿茶，喝绿茶最多。明媚春光里，紫藤花架下，泡一杯绿茶，看新叶在水中舒展沉浮，一山新意，倒映在杯中。啜一口茶，满口香，吓煞人香。"吓煞人香"，是碧螺春的别称。碧螺春，也只有苏州城外洞庭山的碧螺春，

才有资格叫做"洞庭碧螺春"。此外，碧螺春茶的采摘，每年春分前后开始，到谷雨前后结束，这段时间采摘的茶品质最佳，又细又嫩。过了四月二十日的茶叶，本地人就不叫碧螺春了，而叫做炒青——连个名分也没有。

碧螺春的形状，卷曲成螺，颜色碧绿，顾其名可以思其义。其实绿茶炒制完成后的外形，比别的茶都耐看一些，所以我以为，"目食"是品饮绿茶的重要部分。安徽绩溪的金山时雨，外形似银钩，泡开可见叶子纤细，像朵兰花开在水中。碧螺春弯曲成团，泡开也就挺直了。杭州的龙井，一叶叶压得薄薄，其实是一片片的样子，带着白毫，泡开后叶尖朝下，倒立水中。乌牛早是浙江永嘉的茶，长在楠溪江，当地茶农又称之"岭下茶"，样子跟龙井有些像，也是扁扁的，却要短一些，泡开以后短短胖胖，芽叶饱满，看起来一粒粒的，憨态可掬。安吉白茶呢，一叶叶圆细针状，稍不留神，会觉得跟枯卷起来的竹叶相似。谁让安吉有大竹海呢。径山茶太有名了，因为有径山寺，这个茶色泽翠绿，条形紧细，也是蜷曲起来的，泡茶时可以先冲水，后投茶，待茶叶在水里慢慢展开，天女散花一般，慢慢下沉。开化龙顶也是我喜欢的，朋友每年会给我寄一些，细长圆润，身材挺拔清秀，身披银毫，春衫隐翠，泡开之后，杯中一枚枚怀抱紧实，直立水中，一会儿沉，一会儿浮，来回几番，仿佛是一座漂浮的水中森林，颇可一观。

绿茶的口感，虽略有差异，香气也有不同，但大体上都是清新宜人。品饮之时，仿佛舌上漫开一片春光。江浙赣皖大地上，绿茶很多，常常是一地一茶，名称各异。譬如黄山毛峰，外形细嫩卷曲，有毛有峰。休宁地方上有个茶，茶书里经常见到的，叫做"松萝"，现在却渐渐小众了。

松萝这个名字好听，最宜入诗。郑板桥有一首诗，《不风不雨正晴和》，其中有句，"最爱晚凉佳客至，一壶新茗泡松萝"。郑板桥是诗书画三绝，他这首诗却并不怎么样高明，"不风不雨正晴和，翠竹亭亭好节柯。最爱晚凉佳客至，一壶新茗泡松萝。几枝新叶萧萧竹，竖比横皴淡淡山。正好清明连谷雨，一杯香茗坐其间。"一首诗里，翠竹、萧萧竹重复出现，再爱竹也不能如此强推呀。一壶新茗泡松萝，一杯香茗坐其间，茶又出现两次，这真是茶香醉人呀。

喝茶的人，常常是越喝越讲究，要么喝最新最鲜的茶，得赶早，喝的是那一口清鲜；要么喝最陈最旧的茶，讲究老，喝的是那一口醇厚。有一回，茶友分享给我一小罐陈茶，制于 20 世纪 70 年代末，比我的年龄还长，吓煞人，这茶就不敢轻易喝 —— 什么样的隆重场合，才够跟这样的老茶相匹配呢？平添几许敬畏之心。这就喝得有点负担了。白茶也是如此，流行的说法是一年茶、三年药、七年宝，放七年的老白茶，价格就高了，这也导致很多人囤积老茶，说等于是投资买基金了。

相比之下，喝绿茶，就一点负担没有了。冲泡很简单，品饮也简单 —— 无非是一个玻璃杯；无非是八十摄氏度到一百摄氏度的沸水；无非是先投茶后冲水，还是先冲水后投茶，再讲究一点，先以少量沸后稍凉之水略略醒茶，继而沸水冲泡。接下来，就看茶叶在水中浮浮沉沉，品饮之时，感受到一股春天般的气息，呼啦啦地扑面而来，甚是欢喜。

过了夏天，绿茶就不怎么喝了。

倒不是喝完了，绿茶每年都喝不完 —— 从春天开始，各种绿茶都想品一品,都想尝一尝。不知不觉,春天就过完了。一眨眼,夏天也过完了 —— 还有许多的绿茶来不及喝。绿茶不能久存,一年过去,那就是陈茶,只能拿来煮茶叶蛋 —— 煮茶叶蛋,人家还说是红茶最佳呢。那么,下一个春天到来的时候,漫山遍野茶园重新热闹起来时,又有许多的新茶可以品饮;那么,那些没喝完的茶,没聊完的故事,就只好由它,留在匆匆逝去的时光里了吧。

紫云英

2016 年 4 月 7 日

朋友书枝寓京多年，春日来到江南，吃到一盘紫云英。

紫云英，是烟雨江南中，田野间寻常的一景。甚至都不能叫做景——远了看是淋漓尽致的一幅油画，近了看是缀满细密水珠的一张绿毯——在乡下人看来，紫云英不过是寻常的生活罢了。就好像，那春天汪洋成海的油菜花，那秋天金色滚滚的稻浪，也并不是风景一样。那是什么？是粮食，是日子。如果我们把那油菜花、紫云英也当了风景来看，那么岂不是变得跟城里人一样了吗？这是书枝说的。书枝是南方人，在北方生活经年，距离故乡千山万水。一箸紫云英的绿，这味觉上的春天，居然一下就把她思乡的心勾引起来了。

北京的早春三月，哪里能见到这样鲜绿的景致——柳条都是灰蒙蒙的一点绿；白玉兰虽也开花，颜色也白，一瓣一瓣却都是了无生气、干巴巴的样子。绽放在枝头也好，落到地上也罢，都是形容憔悴，看了叫人莫名灰心。

思乡，是因为故乡还有我们的亲人。亲人的身影与山野、与草木密不可分，于是我们便想念那山野、那草木。亲人常在那弯弯曲曲的小径上行走，一拐弯，是一墙紫色的牵牛，一转身，是一篱白色的木

槿，那些花儿开得稠密，而他的背影居然那么飘摇。飘摇又单薄 —— 叫人不忍细想。

要回去吗？在这个春天，去田野里走一走，采一把紫云英。

外公到我家来，腰上缠着白手巾，白手巾里斜插一根竹烟筒。外公走了十里路，到了家，抽一锅旱烟，然后坐到灶下去斫猪草。

外公闲不住，总是帮着干这干那。猪草，多是红花草。春天的时候，家里灶下堆的都是新割的红花草，沤进大缸里，作为猪的青饲料。那时农村家里拉扯生活不易，种田只是糊口，要拿一点现钱，只有养猪。多的时候，母亲一年要养十几头猪出栏吧，我记不清了。然我只记得，晚春的时候，家里灶下靠墙堆了比人还高的红花草。

外公就坐在光线昏暗的灶下，耐心地把红花草一点一点斫成碎末。

红花草，除了作为绿肥沤田，就是给猪吃。番薯也是给猪吃的，玉米也是给猪吃的，田里种的大片的青菜，也是给猪吃的 —— 至少也是人与猪共吃。我们这样说，并不是低看了现在吃这些的人，只是想告诉大家，在我们乡下，人与猪、与狗、与鸭子、与鹅，不过是平等而友好的关系，享受一样的待遇，我有什么吃的，你便有什么吃的，并没有分出什么高下来。

那时候的人，都是这样的吧 —— 不会把差的东西拿去给人家。家里收了辣椒，吃不完，就把最大最红的挑出来，拿到街市上去卖。卖不掉的，再拿回来自己吃。很多农村的人去卖辣椒，是把最好的挑出来卖的；却不接受买它的人，在他们面前挑三拣四，说辣椒的坏话。外公就曾经挑着一担辣椒去街上卖，人家在箩筐里翻拣，说这个不好，那个也不好，外公就不卖了，又挑着那担辣椒，走了七八里路回来。

现在，外公，他就这样地坐在我们家的灶下，斫猪草。红花草的汁液散发着清甜的气息。那些在田野里漫无边际生长的红花草，度过了一整个冬天又迎来了春天的红花草，结束了它们在田野间的使命。现在有更重要的任务要交给它们——一部分被刈回来，成为上好的青饲料，负责把猪栏里的猪们喂得油光发亮，然后转化成交学费和买化肥农药的钱；另一部分继续留在田间，待一场春雨过后，开出绵延壮阔的花海，又一场春雨过后，被铁犁连泥土一起深耕过来，覆入泥水之间，沤为优秀的绿肥，滋养这一整年水稻的生长。

这就是红花草，我甚至都不知道它还有一个名字，紫云英。

《史记》里说，大宛国的马嗜吃苜蓿，汉使得之，种于离宫。我一直以为苜蓿就是紫云英。

其实不是。这两样东西都是豆科，却不同属，只能算是远亲。

猪爱吃红花草，牛却不行。牛吃多了容易胀肚——我亲眼见过村里有一头牛因吃了太多的红花草而死亡。那时耕牛的死亡，似乎还是一项罪名，譬如"破坏生产"之类的，因而处理那头意外死亡的牛就不得不成为一桩秘密的事情。

这个春天的许多个夜晚，我读一位嘉湖农民沈先生写的《沈氏农书》及他后面张先生补写的《补农书》，不由感叹从前人们对于种田过日子这件事的认真态度。太阳底下无新事。我们现在的人粗陋惯了，简直无法理解，其实大到种田养蚕，小到家常日用饮食，无一不是有据可循，我们的前辈早已给出了极其周到的指导意见；且字句之间，无处不是殷殷切切——"种田养猪第一要紧，不可以饼价盈遂不问也……养母猪一口，一二月吃饼九十片，三四月吃饼一百二十片，五六月吃饼一百八十片，总计一岁八百片，重一千二百斤，常价十二两。小猪放食，每个饼银一钱，约本每窠四两。若得小猪十四个，将八个卖抵前本，赢落六个自养。每年得壅八十担。"

壅，就是肥料。这也算得清清楚楚。沈先生说，"种田地，肥壅最为要紧。人粪力旺，牛粪力长，不可偏废……"

至于养鸡养鸭，也是谆谆教导："鸡鸭极利微，但鸡以供祭祀、待宾客，鸭以取蛋，田家不可无。今计每鸭一只，一年吃大麦七斗，该价二钱五分；约生蛋一百八十个，该价七钱。果能每日饲料二盒，决然半年生蛋无疑……"

我读这样的文字，居然感动不已。

《沈氏农书》还说到红花草。"花草亩不过三升，自己收子，价不甚值。一亩草可壅三亩田。今时肥壅艰难，此项最属便利。"

现在大家都常提一个词，匠心。其实在我看来，每一个行业都有匠心。从前的农人，认真种田，珍惜每一小方土地。他们精耕细作，一年四季周密安排，在同一块土地上轮作各种作物，让土地得以休养生息，岂非匠心具足？我现在到村庄里去，已经看不见有人种红花草了。曾经汪洋的红花草，在田野上几近消失，只有零星几株红花草，不知道是何年何月落下的种子，自生自灭，代代相传，孤独地像野草一样长着。

谚云：草子种三年，坏田变好田。

草子好，半年稻。

花草窖河泥，稻谷胀破皮。

草子与花草，说的都是红花草。从前我跟在父母身后，在田间收割晚稻，那时候红花草已经在套种的晚稻株间长成了小苗。我们往返劳作，奔走踩踏，打稻机在红花草的苗上轰然作响，但红花草都不以为意。它们依然会顽强生长，直到次年清明，长到两尺来高，开满紫色的花，一直延伸到我们视线望不到的地方。

我和书枝坐在桐庐的一间小饭馆里，吃那碧绿一碟清炒紫云英。

我们当然还隐约地记得，知堂写故乡的野菜，也是说到紫云英，"是一种很被贱视的植物，但采取嫩茎瀹食，味颇鲜美，似豌豆苗……"知堂的随笔，真是好，有着悠远的味道，他笔下清明时节上坟的船头篷窗下，总露出些紫云英和杜鹃的花束来，这样的画面感，读过一次，就再也难忘了。

紫云英可以食用，但我们家从来没有采食过。鲍山在《野菜博录》里说，紫云英"采嫩苗叶煠熟，油盐调食"。鲍山编书，意在救荒，但从我的体验来说，紫云英与马兰头，都是春天里不可多得的绿叶菜 —— 马兰头特有其涩味，有的小孩大约不喜，紫云英却清爽微甜，口感颇佳。

我在写着这篇短文时，网上正好有几位朋友在聊紫云英，说他们故乡常用紫云英来炒年糕，是这一时节的美味。我没有吃过，却可以想象，年糕的白，紫云英的绿，绿与白的搭配，是十分的明媚。不过，我却想起来，前不久在富阳的一处村庄里吃鱼 —— 那鱼是刚从江中捕上来的，一盆杂鱼，中午就煮来吃了。我们吃饭的地方，推窗可以望见辽阔的江面，春雨蒙蒙，青山缥缈，鱼也就特别好吃。那一盆鱼的佐料，就有一把碧绿的青菜，茎叶细嫩，我以为是豌豆苗什么的，后来才知道，居然那就是紫云英。

据说紫云英烧河豚也是好的。

清明几天，我在老家的田埂上走，正是春耕时候，油菜花正开，田野里却一片沉寂。我在路上遇到几株零星的紫云英，没有遇到一头牛。我小时放过牛，却始终没有学会骑在牛背，也没有学会吹笛，恐怕以后，也没有机会这样做了。

却常常会想起外公 —— 尤其是在这样的春天。

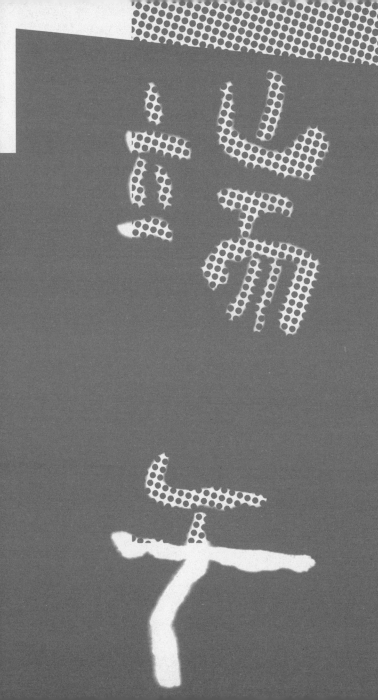

端午

陆

五日山中

东邻拔蒲根，南邻烧艾叶。艾叶出青烟，蒲根香胜雪。

乾坤生燧火，阴碧期月光。烟随艾叶散，进此菖蒲觞。

蒲觞益齿发，齿白发如漆。徐饮不尽器，置之五七日。

五日化为丹，七日化为碧。一服一千年，令人生羽翼。

——南宋·谢翱

屈原五月五日投汨罗水，楚人哀之。至此日，以竹筒子贮米，投水以祭之。汉建武中，长沙区曲，忽见一士人，自云三闾大夫，谓曲曰：闻君当见祭，甚善。常年为蛟龙所窃，今若有惠，当以楝叶塞其上，以彩丝缠之。此二物，蛟龙所惮。曲依其言。今五月五日作粽，并带楝叶五花丝，遗风也。

——《续齐谐记》

1

在江南，端午这天不吃粽子，说不过去。端午前几天，村里人就把收着的干箬叶放在水里浸泡，泡软了，准备着裹粽子。也有去山上采新鲜箬叶的，新鲜箬叶包裹的粽子，煮起来自有一种草木的清香。

端午裹粽子，大概是江南普遍的习俗。为什么要吃粽子，小孩子都说得出来，是为纪念屈原。从起源上说，这个节日本质上是有一点忧伤的。然而粽子的裹法，各处还是有些不一样。北方的粽子，多是甜粽。甜粽以碱水制之，或放两粒小枣，蘸糖吃。咸粽就蘸酱油吃。越到南方，花样越多，传统的广东粽子配料就有蛋黄、莲子、豆类、火腿或腌肉、冬菇等，粽子的个头也大得多。

江浙的粽子，比广东粽子朴素些，比北方的又精致些。最有名的是嘉兴粽子。苏州粽子也有名，以箬叶或菰叶裹之。杭州城北塘栖镇上，汇昌粽尤为有名。一般人只知塘栖枇杷，不知汇昌粽。不同于嘉兴粽和湖州粽，汇昌粽比较有特色，有斧头粽、枕头粽、尖角粽和猪脚粽等多种；在制作工艺上，汇昌粽以五花肉、绍兴酒、土糯米、青竹叶为原材料；在蒸煮过程中，又强调"千滚不如一焖"。一百只粽子放入加有老汤的铁锅中耐心煮就，食来口感

鲜糯，回味无穷。

母亲裹的粽子，跟胖乎乎的嘉兴粽子不一样。母亲包起来是修长的一只，四只角。裹粽子的绳索，是用的棕叶，晒干，又浸了水，韧性十足。母亲喜欢把粽子裹得实实的，棕叶绳子扎得紧紧的，柴火灶里大锅煮着，煮得满室飘荡着粽子香。

江南人过端午隆重，且历史悠久，《清嘉录》卷五记道："五日，俗称端五。瓶供蜀葵、石榴、蒲、蓬等物，妇女簪艾叶、榴花，号为端五景。人家各有宴会庆赏。端阳，药市酒肆馈遗主顾，则各以其所有雄黄、芷术、酒糟等品。百工亦各辍所业，群入酒肆哄饮，名曰白赏节。"

端午的仪式感是很强的。对于孩子来说，端午还要在手腕脚腕系五彩丝线，谓之"端午线"。据说这是从宋代传下来的习俗，也叫"长命缕"。端午这天系上，一直到六月六那天丢到瓦背上，让鸟儿衔去。

也有别地的说法，是在端午节后的第一个雨天，把五彩线剪下来扔在雨中，会带来一年的好运。不过，"端午线"和给小孩子额头用雄黄酒写个"王"字一样，大雅久不作，习俗渐渐也会湮灭，只有粽子还是年复一年，在端午节按时出现 —— 现在的端午，因为临近高考，据说有的地方，老师或是家长会把粽子系一个在门框上，让孩子经过时高高地蹦起来，用头去顶一下 —— 这是新的习俗，寓意"高中"，也很有意思。

2

有一次，我到杭州北面的小镇塘栖去，发现那里的粽子很有趣，居然有雌雄之分。老人家说，以前姑娘小伙们的定情物就是粽子——相亲之日，小伙子带的三角粽，是雄粽，姑娘带的刀斧粽，是雌粽。小伙看上谁家姑娘，就把雄粽递到姑娘手里，如果姑娘中意，就会把雌粽回赠给小伙。从粽子入手，一场淳朴的爱情就这样开始了。

老家常山的习俗里，姑娘小伙定了人家，到了端午、中秋是要送节的。这一天，小伙子挑一担东西，送到姑娘家去，一般是有肉有酒，有面有烟。面是索面。端午时候就送粽子，中秋就添上月饼。送端午的人，挑一副箩筐的担子穿过田野中间的路，步行很远，送到女方家里去，这个过程有一种悠远的情意在。

我小时候还经常见到这样的情景。那时候乡下没有电话，也没有摩托车和汽车，见面聊天都不容易。只有到了这样的日子，女方在家里巴巴地等着，等着意中人挑一副沉沉的担子出现。若是路远，或是下雨，远方的人久等也未到，不知道她是怎么样的一种心情？而挑担的人，在这样的远路上走着，一步一步，愈来愈接近喜欢的人，心里应该会有无限的欢喜。

这样的担子里，除了粽子和烟酒，也会藏着一副五彩丝线吧。等到无人注意的时候，悄悄地系到女方的手腕上。

在丽水松阳，还有一种茶叫"端午茶"。虽然名字叫做"端午"的茶，却并不只在端午才有，乃是一年四季都有的；虽然名字叫做端午的"茶"，却并不是茶叶做的，乃是由树皮、树根、树叶、藤条、草茎之类的五花八门的材料做成。在松阳这个山中的县城，有多少户人家，就有多少种端午茶，各家各门的配方都有些许不同，每一家的端午茶泡出来味道也都有差异。

有一天我在松阳老街上闲逛，发现那里的中草药铺可真多，随便走进一家药铺，就能告诉你独到的端午茶配方，煮出一壶独一无二的茶来。而在松阳的饭店里吃饭，店家一定会给你沏上一壶端午茶。细细分辨其中材料，可见有香樟树片、香樟叶、竹叶、竹枝、石菖蒲、鱼腥草、天仙果、金锁匙、金银花等等，据说可入茶的植物，有一二百种。

这一道端午茶，可是入选了浙江省第三批非物质文化遗产名录的。它的起源，可上溯于春秋战国时期，有清热消炎、防暑解毒、祛湿散风等等功效，成为当地人一年到头必备的茶饮。

五月五日，古人心目中一般认为是大凶日、毒日、恶日。天气转暖，毒虫出动，蛇蝎、蜈蚣之类的出来，瘟疫也容易流行，所以要用一些方式祛邪避毒。菖蒲是瑞草，叶片像是宝剑，人称之"蒲剑"，将它与艾草一起插在门上，以驱邪避疫；佩戴香囊、五彩丝线、饮雄黄酒、喝端午茶之类，也同是此意。

3

要是回到宋朝，端午习俗大体差不多，只是宋人比今人更爱在端午戴花——《西湖老人繁胜录》记载，"初一日，城内外家家供养，都插菖蒲、石榴、蜀葵花、栀子花之类，一早卖一万贯花钱不啻。何以见得？钱塘有百万人家，一家买一百钱花，便可见也。酒果、香烛、纸马、粽子、水团，莫计其数，只供养得一早，便为粪草。虽小家无花瓶者，用小坛也插一瓶花供养，盖乡土风俗如此。寻常无花供养，却不相笑，惟重午不可无花供养。端午日仍前供养。"

那是一个爱花的时代，人人喜欢在头上戴朵花。戴花，那时也叫簪花，不仅仅是女性的专属，男子簪花也蔚然成风。簪花属于全民的日常活动，重要的节日当然要簪花。端午这天，"茉莉盛开，城内外扑戴朵花者，不下数百人。"若是穿越回那个文化繁盛、生活风雅的宋朝，在临安城，你我说不定也头戴一枝花，臂上佩戴五彩丝线与香囊，手上拎着精致的粽子当午餐，一路香风习习，去参加划龙舟比赛了。

端午了，有朋友想念灰汤粽。

浙中兰溪的一个村庄里，家家端午都做灰汤粽——跟江南别的地方不一样，这里的村民把草木烧成灰，做成灰汤，再把糯米浸泡在灰汤里，过滤后的糯米包裹成粽子，又放进灰汤里煮。灰汤粽煮熟后，打开粽叶，原本白白的糯米已经变成了琥珀色。吃起来，比一般的粽子香糯得多。

端午 与 灰汤粽

2016 年 5 月 31 日

据说草木灰里，含有天然的碱性物质，能让粽子更好吃。浙江最有名的粽子，是嘉兴大肉粽，然而兰溪的娃儿长大了，离开了家，离开村庄，不会想念嘉兴的大肉粽，只会想念老家的灰汤粽。定然是因为家乡味道勾魂——有一位朋友，几年没有回家了，有一年端午在马路边上见了灰汤粽，立即买了一个，一边吃，一边差点掉下泪来。

草木灰，原先我不知道它有这样的作用。我老家乡下，厨房里有一座大柴灶，日常炊饭煮食都用这个柴灶。柴膛里烧的是柴禾，偶尔也有稻草之类，灶膛下面都是草木灰——我们小时就把番薯藏在那草木灰里，不知不觉，番薯就煨熟了，浓香四溢。

草木灰里煨熟的番薯特别香糯。不似直接放在灶膛里烤，那样烤出来的番薯，外壳都成焦炭了，中间却并未熟透——夹生。草木灰是缓缓地把整个番薯煨熟，就像一只老母鸡，缓缓地把鸡蛋们孵成小鸡。

冷却的草木灰还有一个大用，是可壅肥于韭菜。春天里，韭菜一茬一茬地割，割了又长，撒过草木灰后，韭菜就长得特别快，叶片特别肥嫩。将鸡粪杂拌进草木灰，那就更是上佳的肥料。

每至冬天，乡下有人在田野里焚烧稻草，或在田埠头烧除杂草。那袅袅白烟，成为故乡的风景。我常常穿过一片广袤的田野上学与放学，远远就能闻到草木燃烧的气息。植物燃烧过后，留下一堆一堆的灰烬，农人说，那是土地的好养料。

草木灰，呈碱性，也含有各种微量元素，它是很好的钾肥。

有一年，我到甘肃去，在民勤当地朋友的家中见到一大块灰黑的东西，有点像土块或石头。朋友让我猜是什么。猜了半天，朋友都笑着摇头。后来朋友告诉我，是蓬灰。

蓬灰是什么？

沙漠中到处生长着蓬科植物，有的还带着刺，当地人把这些将干未干的植物收集起来，堆在一起燃烧，烧到最后，会产生半流质的东西，冷却凝结，就成了这质地粗糙的物什。实际上，蓬灰是一种结晶体，黄中带些绿，黑中带些灰，看起来颇有些像玛瑙。

这蓬灰是当地人做碱面必不可少的原料。把一小块蓬灰溶解，和面，反复揉和，饧透以后，再擀成金黄色的面片，再把面片切成条子，下锅，煮出黄黄亮亮的碱面。我到民勤去过十多次，每去一次，都吃好几天碱面，其配料是沙葱、卤辣椒、回锅肉片，再配上陈醋与蒜泥，真是酸辣滑爽，吃到欲罢不能。

朋友说，正宗的兰州牛肉面，也是必不可少这蓬灰的。据说人们用了上百年吧，也没有官方标准可以执行。这两年，牛肉面流传到外地，只好以食用碱来代替，才算是符合食品卫生的规范。只是，西北人一吃就能吃出来，加了蓬灰的牛肉面，口感会劲道许多。正宗的牛肉面，非用蓬灰水和面不可，否则，既抻不出细如棉线的"一窝丝"，嚼起来也不会有特别筋道柔韧的口感。

端午时，在我们老家都要吃咸鸭蛋。好的咸鸭蛋，用筷子一戳，会流出红油。

最有名的咸鸭蛋是江苏高邮的。清代才子袁枚在《随园食单》里说："腌蛋以高邮为佳，颜色红而油多，高文端公最喜食之。"汪曾祺先生看了，不禁击掌，"袁子才《腌蛋》这一条我看后却觉得很亲切，而且与有荣焉。"

汪曾祺是高邮人，吃货遇到吃货，自然心意相通，在文字里读到袁枚赞高邮咸鸭蛋的好，惺惺相惜，几乎要隔空击掌。在汪曾祺看来，高邮咸鸭蛋的好，是它处无可比拟的：

高邮咸蛋的特点是质细而油多，蛋白柔嫩，不似别处的发干、发粉，入口如嚼石灰。油多尤为别处所不及。鸭蛋的吃法，如袁子才所说，带壳切开，是一种，那是席间待客的办法。平常食用，一般都是敲破空头用筷子挖着吃。筷子头一扎下去，吱红油就冒出来了。高邮咸蛋的黄是通红的。

怎么样挑出好的咸鸭蛋，汪曾祺也说了："一要挑淡青壳的。鸭蛋壳有白的和淡青的两种。二要挑形状好看的。别说鸭蛋都是一样的，细看却不同。有的样子蠢，有的秀气。"

咸鸭蛋怎么制出来，我查了些资料，方法很多。最简单的，是把鸭蛋放在酒里蘸过，再滚上食盐，在坛子里密封一个月。或者，把鸭蛋直接放在盛满盐水的坛子里，密封，放上二十多天，也就可以吃了。不过，高邮人知道，真正好吃的咸鸭蛋，还是要用草木灰来做——把黄泥跟草木灰加水加盐，搅拌成泥浆，再把鸭蛋放进这泥浆里打滚，又裹上一层草木灰，收进坛子里密封。这样放上三个月，蛋黄就特别香了。

端午时候，要吃"五黄"，黄鳝、黄瓜、黄酒等等，我们特意又去超市里买几粒咸鸭蛋。现在的咸鸭蛋，都是真空包装，干干净净的，却难得见到一个"富得流油"的——不仅没有流红油，别的颜色的油也没有流出来，蛋黄是干巴巴的——莫非真如汪老头所说，最好的咸鸭蛋，只在高邮才有？

草木灰用来贮藏腌肉，也甚好。步骤如下：

把肉块蒸熟，抹上盐、五香粉，分别用棉纸包好。木箱子里，铺一层厚厚的草木灰，把包好的肉放入，再铺一层草木灰，再码一层肉。这样一层层交替码好，最后又铺一层草木灰，放在阴凉干燥处。

这样用草木灰贮藏的腌肉，味道醇厚，咸香可口。

龙泉人也有用草木灰来浸泡和贮存食物的——叫做黄粿。也是用草木灰调成的水把米浸泡一天一夜，再用饭甑蒸熟，再放进石臼里舂烂。这个过程，有点像我们老家打麻糍。

但接下来就不一样了，我们打的麻糍，一两天就吃完。龙泉人的黄馃，是把这春烂的米团，再浸到草木灰的水中，可以放上几个月，不会坏掉。

黄馃最受欢迎的吃法，是以冬笋肉丝炒它。烹饪时，把黄馃切成小细条，用猛火重油来炒，再加冬笋、肉丝、大蒜三种食材。这样的吃法，倒是有些像常山的炒米粉干。

只是不知，现在有了冰箱，不再需要依靠草木灰来贮藏腌肉与黄馃了，人们还会不会继续使用草木灰呢？

我想起在常山老家，稻草是一件宝，比如制作霉豆腐，也要用到稻草——虽然并不烧成灰来用。稻草洗净，晾干，剪成长短适中的样子，做霉豆腐时，一层稻草一层豆腐，层层码好，撒上盐，倒上酒，放在阴凉处，上面盖上毛巾，过不了几天，那豆腐就长出霉来。纯白色的霉，修长地飘扬出来，密密匝匝，像是丛林一般，很是好看。

稻草和草木灰，也载不动许多乡愁。有人见了灰汤粽落泪，也有人吃着灰汤粽归乡。兰溪的新宅村，趁着端午假期，召集远在他乡的游子一起回到村庄，一起去种田插秧。那是一个云朵下的村庄，梯田层层叠叠，却已没有几个年轻人留在村中。每一个远行的游子，都是村庄的娃。端午这一天，几乎所有的游子都回来了，大人与小孩一齐会集到梯田里，躬身向土，把一株株青青的秧苗插到田间。

插秧之前，遵照老规矩，老农们把一担担草木灰撒进了水田。

从秧，到稻，到米，再到草木灰，从土地中来，再回到土地中去。这就是天地之间，草木灰的哲学。

蕨叶、
杨梅与酒

2015 年 6 月 21 日

　　远人兄，我到街上去，看到街边有人在卖杨梅。杨梅盛在竹筐里，一颗颗紫红。紫红的杨梅上面，遮盖着青绿的蕨叶。边上有小孩问，这是不是杨梅的叶？他妈妈就支吾，这个，好像是吧。我听见，俯身从筐中拣出一枚叶子，对那孩子说，这才是杨梅叶，那个，是蕨叶。

　　蕨叶怎会落进杨梅堆？

　　老家人采杨梅，都喜欢用一点蕨叶在竹篮底部垫着。蕨叶是羽状，蓬松柔软，初生时如小儿拳头一样从泥里钻出，可以采食。蕨有小叶、大叶。秋后，山人常砍了枯黄的大叶蕨，除了灶下点火，其实有别样大用。

　　我在《菜经》里写过 ——

　　农历八月排大蒜。这个没有特别讲究，大热天，水要跟上，最好每天浇一次。山上砍来大叶蕨，铺在地上，大叶蕨蓬松，雨打不实，大蒜穿透生长，蒜秆特别长。吃蒜芯大约在二三月。

　　大叶蕨蓬松，柔软，关键还透气。

　　杨梅娇嫩。外表形状跟舌上的味蕾是一样的。所以一听说杨梅，舌头就有反应，舌下就分泌津液，挡也挡不住，这是没办法的事。

于是蕨叶必须掩护杨梅，这是它的任务。从采摘一开始就掩护杨梅，先把蕨叶垫在箩筐或竹篓的底部，这样汁水饱满的杨梅，就不会被粗笨生硬的竹篓或箩筐碰坏。杨梅装了满满一筐，又要在上面铺上　层蕨叶，避光，保鲜。如此，才能让杨梅安然地抵达它要去的地方。

远人兄，杨梅是极易腐坏的东西，而从树梢到舌尖又是如此路途遥远。今天去采杨梅，今天就宜吃掉。今天不吃掉，明天不吃掉，后天它就坏了，就霉了，就有了酒味。远人兄，你在遥远的地方，吃不上杨梅，这也是没有办法的事。但是我给你遥寄几只粽子。粽子与杨梅，虽是不同的东西，但都可在端午吃。

说到端午，你那边洋人们，定然没有人过这样的节。我们这边，你是知道的，家家要吃"五黄"，黄瓜、黄鱼、黄鳝、咸蛋黄、雄黄酒。雄黄酒现在不吃了，简略一点，就吃黄酒。粽子，是大家都要吃的。我们家，则还要吃汪刺鱼，因为方言叫"黄莺"，也叫"咩咩咯"，也是一黄。还要吃螺蛳。吃了螺蛳眼睛亮。此外，我小时候，老人还会把五彩的丝线绑到我们的手腕上，叫做"端午线"。现在，绑端午线的孩子少了，怕这一习俗已不流传。

远人兄，端午这天上午，我到街上看到卖杨梅的妇人，看到杨梅筐里有蕨叶，就想起你。蕨叶千里迢迢掩护杨梅，出山进城，到了这里，你却吃不上，未免有些遗憾。于是，我就多买了一些来吃。现在，又泡了一些杨梅酒，等你回来吃。

青梅泡酒也是很好的，大理人海云泡了好多缸青梅酒，让我有机会去成都，共饮一杯。大理的梅子多。青梅酒我没有泡过，桑葚酒也没有泡过。前年拿了一些肉苁蓉泡酒，口味不甚美。近日喝了一些五加皮酒。小时看见父辈常喝这种酒，他们下田回来，喝上几口，好像一身疲乏都可以消除。现在，我也体验一下父辈当时品尝的滋味。

说好了，杨梅酒，就等你回来喝。

端午节要挂艾蒲、吃粽子，但黄岩人的端午节很独特，并非吃粽子，而是一定要吃食饼筒——这是黄岩人在端午节最重要的传统习俗。

一桌拼盘，盛满五花八门十几道菜肴，令人食欲大振。菜肴中间，则是两大盘面皮，一青一白，白的是纯面皮，青的是加了鼠曲草与艾的，两种面皮，包卷天下，这是黄岩人的食饼筒，也是黄岩人的豪迈与大气。

端午节的食饼筒

2022 年 6 月 2 日

1

一看就会，一做就废——说的就是包食饼筒。

包食饼筒这件事，对于外地客人来说，看着简单，可一上手却完全不是那么回事。包食饼筒有一种团结活泼的气氛和局面（与一般的端庄拘谨的饭局场面完全不同）——众人洗净了手，各取一张面皮平摊开来，这面皮柔软而有韧劲，手感极佳，摊平之后，众人就各显身手了（甚至一个个都站起身来），纷纷将面前的米面、卤肉、虾仁、绿豆芽、鱿鱼丝、蒜苗、萝卜丝、鸡蛋丝、韭菜豆干、洋葱鳝片、油条碎、包心菜等等一众菜肴，耐心而细致地搬运到这一块面皮上，并且砌成条状，等到菜肴备齐了，再以双手同时扯过面皮，带着足够的力道，将菜肴席卷起来，顺势一滚，一头折叠，以面皮本身的柔韧之力，将菜肴裹挟成粗粗胖胖的条筒状。

且慢，再浇上一勺肉汁……此时此刻，一番操作早已将食欲与期待值拉满，终于忍不住了，一口咬下去，面皮的麦香裹挟着各种鲜香在口腔内爆开，细细品尝，每一道菜肴的口感、质感与味觉体验异彩纷呈又彼此交融，既有海鲜的鲜甜，又有蔬菜的清香，大快朵颐，可谓饕餮之享。

这个包食饼筒的过程，极为讲究力道的刚柔相济。太用力不行，容易把面皮扯破，露馅；力道不够也不行，包的食饼筒松松垮垮，吃起来将失去应有的风味。包的菜色太多了不行，鼓鼓囊囊的，包不起来了；菜太少了也不行，只能吃到面皮，味道也大打折扣。

包得成功的食饼筒，将淋漓尽致地体现台州地区的"和合文化"。首先是"和而不同"，但见那琳琅满目的菜色，有荤有素，有山有海，有清炒有红烧，有甘香有松脆，各不相同，各具特色。其次是"融于一体"，面皮一卷，这诸般特色都已卷在同一个场域之中，你中有我，我中有你，米面裹着卤肉，鸡蛋丝缠绕油条碎，这是相互的融合，是彼此的成全，其情浓浓，其乐融融。再次是"中庸之道"，力道要不轻不重，菜肴要不多不少，包得要不大不小，一切都是恰好。

在黄岩人看来，食饼筒里的菜式可多可少，少则五六样，多则二十几样，只要想吃的都能包进去。问题也正在于此，吃食饼筒必须要人多才带劲，六七个人嫌少，十一二人合适，十六七人不多。碰到大节日，一家老老少少团聚，热热闹闹，红红火火，正是吃食饼筒的好时机，菜式花样又多，人人围桌而卷，围桌而食，欢声笑语，气氛热烈，方得食饼筒之文化精髓。

2

临近端午，黄岩的街头常可见到卖食饼皮的摊子，很多老店门前更是排着一长溜的队伍。端午节了，家家都要吃食饼筒。但摊食饼皮，可是个技术活儿，一般的人家做不好，干脆就从街上买回家。

你看那摊食饼皮的人，动作如行云流水，更多的技术含量隐藏在看不见的地方——要提前准备粉浆，把小麦粉加水调成胶糊状，不停搅动，使面浆有强大的韧性，最后能使筷子插在浆中不倒为宜。此后又在粉浆中加入适量水，养上一两个小时，就可以摊面皮了。摊面皮时，一口平底锅烧得滚烫，先用食用油在锅里擦上一遍，再抓上一把粉浆，掂上几下，迅即投入锅中，手掌顺势逆时针一抹，又顺时针一抹，一块完整的面皮成型，再烙一烙，翻个面儿又烙一烙，一张面皮就烫好了。

事情看起来容易，做起来很难。买面皮的人，眼巴巴排着队等上一二十分钟，心情既激动又平和，一个美好的团圆时刻要来了，家里的孩子们都要回来团聚，大的喜欢吃什么菜，小的喜欢吃什么菜，什么原料该去哪个菜场哪个摊位采买，一道道都在心中放电影似的过一遍。盘算好了，心里有谱了，面皮也买到手了。

吃食饼筒，说实话吃的就是一个热闹，图的就是一个团聚。就像平日里，只有两三个人在家，吃什么食饼筒呢？菜准备多了，吃不完，菜准备少了，没劲儿——谁会费那个心思。只有人聚齐了，屋里挤得满满当当，大的呼儿唤女，小的追逐打闹，屋里屋外热热闹闹，才是吃食饼筒的好日子。

一个食饼筒里包进诸般菜肴，也包进了喜庆气氛。朋友单位食堂的大厨，就特别爱包食饼筒。单位里谁谁过生日，中午食堂里就会准备一桌食饼筒；要过什么节了，食堂里也会准备一桌食饼筒；连单位里谁评了什么级，得了什么奖，拿了什么荣誉称号，食堂大厨往往也是消息最灵通的，一次不落，都会准备一桌食饼筒。每当此时，同事们到了食堂，个个喜笑颜开，围桌而包食饼筒。

总之，只要吃到食饼筒，不用说，一定是有好事临门。

3

食饼筒这个食物，台州各地都有，只是叫法不一。在仙居、路桥、黄岩叫做"食饼筒"，临海人叫它"麦油脂"，在温岭叫做"席饼"，天台人则叫它"饺饼"或"五虎擒羊"，在三门它又是"麦焦"，到了玉环则成了"锡饼"。

食饼筒的由来，当地流传着两种说法。

一是和戚继光有关。说戚继光抗倭时期，台州人家家户户都做了菜肴犒劳大军。但是这么多菜，怎么送去军营是个难题，也没有那么多的餐具，于是发明了食饼筒，直接把饼皮包了菜肴，送去给士兵们吃。

还有一种说法是和济公有关。说是那个疯癫的济公和尚，看见人家吃剩下不少菜，觉得浪费了可惜，遂把剩菜包入面饼，下一顿再吃。

每逢立夏、端午、中秋等传统节日，黄岩人都喜欢吃食饼筒，尤其是在端午节，家家都要包食饼筒来吃——这也成了当地十分独特的端午习俗。

"最好的食饼筒永远是包得鼓鼓囊囊的，几乎要把馅都撑出来，胃口不大的女孩子，吃一个肚子就饱了。"台州作家王寒写过《食饼筒》，她说，"与小桥流水的春卷不同，食饼筒有'浪淘尽，千古风流人物'的霸气，有'金戈铁马，气吞万里如虎'的豪气，当然，还带着几分与吾乡剽悍民风相匹配的莽汉气质，蓬勃而健旺。"

台州人是有一种剽悍之气、豪爽之气的。在我认识的朋友当中，就有几位铁骨铮铮、敢怒敢言的汉子。我想，恐怕这跟食饼筒有某种说不清道不明的关系——食饼筒的吃法，就传递出一股说一不二、兼收并蓄的豪迈之气。这种一张面皮包裹天下的吃法，当然算不得精致，但又是在高效明确达成饱腹目标的基础上，尽可能地让生活变化出无数的花样来。

六月六

柒

晓出净慈寺送林子方

毕竟西湖六月中，风光不与四时同。

接天莲叶无穷碧，映日荷花别样红。

——宋·杨万里

六月六日，旧时农家以土谷神挂于地头，名曰挂地头。储水造面，腌瓜，家家曝衣……季夏月六日，汲水作酱，所谓伏酱，士曝书，农曝麦，女曝衣……六月六日，各家蓄水，久之不坏。以此水和面作曲，造酒极美。

——《钦定古今图书集成·历象汇编·岁功典》第五十四卷

晒书

2022 年 7 月

以前我都不曾知道，常山还有"六月六"这么一个说法。后来在雍正《常山县志》看到说，"六月六日，士人曝书，沙门晒经。民间浴畜于水滨，或备牲礼，祀谷神于田畔。"又说，"郑世球云：六月六日，农人持盆肉樽酒，礼田祖以驱田鼠，盖古者祭坊庸迎猫虎之遗意也。"

既然知道了这一天应该晒书，到了六月六，我也找几本古旧的书翻出来晒晒，附庸一下古人的风雅。只是，值得晒的好书、老书不多，大多数的新书晒不出什么感觉来。

乡下的屋子在山脚下，书房也在一楼，紧接着地气，潮气自然也重一些。到了六月六，也就把书房里的书啊字画啊搬出来晒一晒。母亲倒是会把橱柜洗了，也拿出来晒。要是太阳热烈，便把被子衣物也搬出来，架在长条凳上曝晒。乡里人有意思，说是六月六晒东西，谁都不能免俗，便是皇帝老儿，也要把龙袍拿出来晒的。这样一说，大家便欣欣然地，回去把种种东西都搬到太阳底下来了。

东西搬好晒开，人也累了，拿一本书边歇边读边晒，不一会困意袭来，也在阳光底下睡着。

六月六，还要打烧饼来吃。此时新麦

已经收割回来，新磨的面粉是很香的。在常山，这些年种小麦的人已不多，从前是冬小麦一季，五月底六月收割过后种上晚稻，又是一季。常山的烧饼很有特色，现在大家能在常山的街头吃到，烧饼是常山一绝。乡下自家的烧饼，用什么馅料，什么方法，各不相同。有豆腐就打豆腐烧饼，有肉就打肉烧饼，有萝卜丝就打萝卜丝烧饼，一概要加上很多辣椒；自己揉的面劲道足，韧韧的，自己做的馅用料足，满满的，一个烧饼也是大大的。大锅里下了油。此时用的是菜油也是新打的，喷香扑鼻。锅里几个烧饼烙起来，叫人垂涎三尺。

母亲说，端午时系在孩子们手腕脚腕上的五彩丝线，这一天就可以解下来，用一点面团包着揉起来，做成烧饼的样子，丢到瓦背上去了。丢到瓦背上，被鸟儿衔走了，大概五彩丝线会把一切不好的东西让鸟儿带走。

母亲也只是有一个依稀印象，到底是个什么说法，母亲记不太清楚了。她说要等有空时，去问问村里比她年纪更大的老人家。母亲六十岁了，很多习俗上的事情，她知道有那么一回事，也说不太清楚为什么。或者有些事情已经不多见了。譬如端午的五彩丝线，如今还有哪个孩子会绑呢？所以六月六做烧饼的时候，也不会想着要把丝线做在烧饼里，丢到瓦背上去了。

午后，母亲果真去向村中老妪请教，回来告诉我一个新的说法——五彩的端午丝线，到了六月六那天系在一根肉骨头上，丢到瓦背，鸟儿衔了，好做巢去也。

醅糕

2022 年 7 月

　　我记得以前写过醅糕的文章，想了半天，也想不起是什么时候的事情了。常山的醅糕，我是很喜欢的，若有外地朋友来了常山，我也一定会推荐他们尝一尝醅糕。

　　醅糕，是用米浆发酵制成 —— 把大米洗净，放在水中浸泡，大约需要一天，直到米粒泡胀为止，再把适量的酒糟拌入桶中，拌匀了，再用石磨把米粒磨成浆。这一步，十分重要：水量要适宜，米浆不要太浓，也不要太稀。磨好的米浆，放在桶里静置，等着它慢慢地发酵。发酵的过程，天热，则快一些，天凉，则慢一些。夏天需一两个小时，冬天需三四个小时。我母亲经验丰富，总会看桶中的状况，待米浆表面冒出一个一个的小气泡，时机成熟，就可以上锅蒸了。

　　蒸醅糕的时候，小孩子就候在灶边了。此时，竹制的蒸笼，隔水搁置在大锅中，水已沸腾；大柴灶的火膛中，火焰旺盛。蒸笼里铺一层纱布，舀几勺米浆在纱布上，估摸着厚薄差不多就行。然后，在米浆上，均匀地撒上原先就备好的菜料，再把锅盖盖上，孩子们咽着口水，等待醅糕的出锅。

　　常山县城的早餐店里，并不是每一家都有醅糕卖。因为醅糕的制作甚是繁琐。乡下人一年到头的日常里，也并不是时常

会做这种东西来吃，一定要做醅糕的只有七月半、九月九这两个节日。七月半，也是中元节，传说这天地府放出全部鬼魂，民间有祭祀鬼魂的活动，所以也是"鬼节"。说到七月半，读过一些书的人一定会想到张岱的《西湖七月半》："西湖七月半，一无可看，止可看看七月半之人。"与熙熙攘攘的人群不同，张岱有自己的玩法，夜深之后，人群散尽，"韵友来，名妓至，杯箸安，竹肉发。月色苍凉，东方将白，客方散去。吾辈纵舟，酣睡于十里荷花之中，香气拍人，清梦甚惬。"

其实不只是西湖，倘在常山的东明湖，张岱也是可以这样赏月的。等到清晨鸟鸣将他叫醒，他可以悠悠然地下船，走到城南去吃一笼醅糕了。

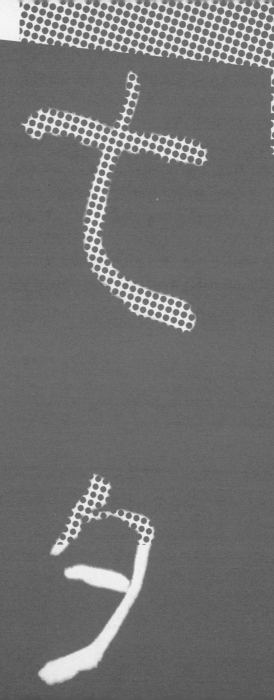

七夕

开化县七夕，童男女晨起，以木槿叶春水沐发。

——《钦定古今图书集成·历象汇编·岁功典》卷六十五

笔墨间的情意
100-104

捌

鹊桥仙·纤云弄巧

纤云弄巧，飞星传恨，银汉迢迢暗度。
金风玉露一相逢，便胜却人间无数。

柔情似水，佳期如梦，忍顾鹊桥归路。
两情若是久长时，又岂在朝朝暮暮。

——宋·秦观

织女七夕渡河，使鹊为桥。古诗云：寂然香灭后，鹊散渡桥空。唐宫中七夕，穿九孔针。梁时七夕，穿双眼针。荆楚岁时记云：七夕，女人结彩楼，穿七孔针，陈瓜果于庭中，以乞巧。有蟢子罗于瓜果之上，以为得巧。

——《钦定古今图书集成·历象汇编·岁功典》卷六十五

笔墨间
的 情意

2018 年 1 月 29 日

　　去年秋天在北京上学，跟鲁院的一班同学，一起去鲁迅纪念馆。整个过程，于先生手迹前驻足最久，当然，那是先生写给许广平的信札——鲁迅先生的字是真好；在这一点上，读手迹就比读印刷体字多出很多味道，我甚至是一字字一行行地揣摩，感受笔墨间的情意。在那里展出的信笺不多，然而从"广平兄"到"小刺猬"，我看到鲁迅细说自己喝酒吃饭的情形，一笔一画，都有深情，而且那些信笺上，也显露出先生可爱纯真的一面。

　　后来我就在网上买了一本书，鲁迅与许广平的《两地书》原信手稿。虽然手稿不利于平顺地阅读，然而偶尔翻到一页，慢慢感受行文与笔迹，的确是很有意思的。我也由此相信，读信，是真的可以从笔墨间，读出对方的心意来。

　　在给许广平的一封信里，鲁迅说："天天寄同一名字的信，邮局的人会不会古怪？"其实，读他人的私信也很古怪。本来，我不喜欢去读人家的私信，尤其是情书——情话这种东西，都是当事人听了甘之如饴，而旁边的人听到会肉麻得掉一地鸡皮疙瘩的。何况人在恋爱的时候，浑身冒着傻气，说着神魂颠倒不着边际的话，行着东边日出西边雨的傻事。年轻时，自然我也写过

几封情书的，想起来不免也会觉得脸红，自己都不忍细看，何况是被别人看——简直是要了性命的事。我不欲被人窥看，也没有窥看他人的欲望，便一直不曾深入去读过什么人的情书了。

民国时候，有所谓的"四大情书"——徐志摩给陆小曼的《爱眉小札》，朱湘给刘霓君的《海外寄霓君》，沈从文给张兆和的《湘行书简》，鲁迅与许广平的《两地书》。我不知道这"四大"是由哪方机构评定的，标准又是如何。然而这些情书中有的段落，却实在是已成为经典。

譬如沈从文曾写给张兆和的一段话：

我行过许多地方的桥，看过许多次数的云，喝过许多种类的酒，却只爱过一个正当最好年龄的人。

这一句，已经是人尽皆知，质朴而又饱含深情，令人感动。沈从文对张兆和的爱恋，从初始便热烈得不可收拾。他还写：

三三，莫生我的气，许我在梦里，用嘴吻你的脚。我的自卑，是觉得如一个奴隶蹲下用嘴接近你的脚，也近于十分亵渎了你的美丽。

喜欢一个人，都会觉得自己卑微极了，"低到了尘埃里去"，这种心思都是相通的，而沈从文爱着张兆和，把她当做顶礼膜拜的女神，这样地写来，我却依然觉得可爱——人都是凡胎肉身，喜欢一个人时，管你是怒目铁汉，还是温柔书生，都变回去做了孩子。

鲁迅给许广平写信，称呼对方"小刺猬"，他要是知道有一天这些信会被人看见，我想先生该是不会写上去的吧？他看见猪在吃相思树叶，觉得猪不该吃，就去和猪搏斗——恋爱就是这么好——不过，我却觉得这就是鲁迅先生，这才是真正的鲁迅呢。

前段时间，朱生豪的情书忽然在书店里热起来。我也顺势买了一本，同样是手稿珍藏本，上下两册。非为研究，也不会从头到尾读下来，只是为了抚摩、触摸书信上的笔迹与心意。

不要不待我好，在这世上我最欢喜你。

我很安静，不淘气了。我猜想你明天会有信来，我有点害怕，不知你要说什么话，我真不好。

你猜我要写些什么？鬼知道！要是我能写些漂亮的迷人的话，你一定会非常欢喜我的。我不知道我将要写些什么，当我在不曾写些什么之前；我不知道我正在写些什么，当我正在写些什么之时；我将不知道我已写了些什么，当我业已写些什么之后。然而我正要写了，我正在写了，我已经在写了，虽然我不知道我将要写些什么，正在写些什么，已写了些什么……

类似这样的呓语，在信中还真是不少。不过，恐怕这样的车轱辘话，翻来覆去地讲，就是情话了。所谓情话，就是一方翻来覆去讲，另一方翻来覆去听，双方都不会腻。

鲁迅在信里称呼许广平为"乖姑！小刺猬！"徐志摩给

陆小曼写信，自己的落款是"你的欢畅了的摩摩"。朱生豪给宋清如写信，也是常有天马行空的称谓与落款。随便翻一下，称呼对方有"宋""清如""亲爱的朋友""阿姊""爱人""宝贝""女皇陛下""澄子"等等，自己落款则有"顶蠢顶丑顶无聊顶不好的家伙""你脚下的蚂蚁""villain""黄天霸""伤心的保罗""快乐的亨利""丑小鸭""你所不喜欢的人""吃笔者""你的兄弟""牛魔王"等等，简直算得更胜一筹。

许多年前，读王小波给李银河的情书，《爱你就像爱生命》，被其中很多话打动。比如这样一段，简直可以算是非常佳的散文——

你知道吗，郊外的一条大路认得我呢。有时候，天蓝得发暗，天上的云彩好像一个个凸出来的拳头。那时候这条路上就走出来一个虎头虎脑、傻乎乎的孩子，他长得就像我给你那张相片上一样。后来又走过来一个又黑又瘦的少年。后来又走过来一个又高又瘦又丑的家伙，涣散得要命，出奇地喜欢幻想。后来，再过几十年，他就永远不会走上这条路了。你喜欢他的故事吗？

比起来，王小波的情书不算太缠绵吧，然而这样克制的文字背后，更是有无限的柔情。

说回到鲁迅，前不久我翻查资料，正好找到《中国社会科学报》2014年的一篇文章，说得很好。大概，认识一个真正的、"好玩的"鲁迅，他的情书也是功莫大焉：

难怪有人说鲁迅很好玩，因为他是个"老孩子"，他是文化人类学者赫伊津哈笔下的"游戏的人"，他是一个近乎席勒游戏理念中所谓"完整的人"，他是先哲所说的大智慧者、心灵状态宛若婴儿般的人……

是的，在以往我们对于鲁迅先生的认知里，过于强调了先生内心的黑暗、痛苦、紧张与焦虑，强化了他作为一个"斗士"的形象。然而我们忽略了，文学与生活都可能给他带来的愉悦与轻松。

康德说："艺术是一种自由的游戏。"弗洛伊德说："文学是一种精神的游戏。"那么，处于创作状态（尤其是在写情书时）的鲁迅，其内心的宇宙，一定是舒展、丰盈、自由、快乐的吧！

"艺术是一种自由的游戏。"此话甚好。我们读着前人先贤们的情书，也是从最日常最凡俗的字里行间，去感受他们同样作为"人"的内心情感，而只有这样，才是贴合着对方的，才是跳出了枯燥单调的标签化的形象，还原其为一个血肉丰满、有笑有泪的人物。

写到这里，我不免要感叹一声我们的遗憾了。在这个时代，我们已经不会再有情书了吧。无它，只因为信息传递实在太便捷了。便捷有便捷的好，也有便捷的坏。坏处便是，信息没有迟滞，一句话就讲完了，一条信息又反馈回来；再也没有带着温度的笔墨，一行一行地刻写在纸页上，再也没有迟滞的不安与等待的焦灼，只有那一个一个的冰冷的字符停留在屏幕上，屏幕关掉的时候，那些冰冷的代码就随之消散了。

中秋

中
元

中秋
中元

中秋

拾

中秋节又称祭月节、月光诞、月夕、秋节、仲秋节、拜月节、月娘节、月亮节、团圆节等，是中国民间传统文化节日。

中元

玖

民间俗称为七月半，佛教则称为盂兰盆节。节日习俗主要有祭祖、放河灯、祀亡魂、焚纸锭、祭祀土地等。

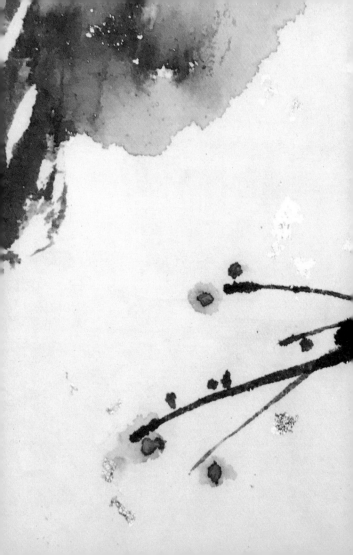

重阳

寒衣

中国人的时间哲学

仪式
岁时礼俗之美

重阳

寒衣

中元

玖

中元作

绛节飘飖宫国来，中元朝拜上清回。
羊权须得金条脱，温峤终虚玉镜台。
曾省惊眠闻雨过，不知迷路为花开。
有娀未抵瀛洲远，青雀如何鸩鸟媒。

——唐·李商隐

七月十五日，僧尼道俗，悉营盆供诸佛。按《盂兰盆经》云：有
七叶功德，并幡花歌鼓果食送之，盖由此也。

——《荆楚岁时记》

七月半

2022 年 7 月

七月半，过得最风雅的是张岱。

西湖七月半，一无可看，止可看看七月半之人。

杭州人在七月半这一晚争相出城，到西湖赏月。轿夫高举火把，在岸上列队等候。客人上船，就催促船家迅速把船划到断桥，赶去参加盛会。

当晚盛景，热闹非凡。张岱笔下说，二鼓以前，人声和鼓乐声恰似水波涌腾、大地震荡，又犹如梦魇和呓语，周围的人们既听不到别人的说话声，又无法让别人听到自己说话。

直到大家兴致尽了，官府宴席已散，由衙役吆喝开道而去。轿夫招呼船上的人，以关城门来恐吓游人，使他们早归，灯笼和火把像一行行星星，一一簇拥着回去。岸上的人也一批批急赴城门，人群慢慢稀少，不久就全部散去了。

唯有那个最懂生活的张岱，待人都散了，这才移舟登岸，在断桥展席而坐，饮酒作乐，"韵友来，名妓至，杯箸安，竹肉发。月色苍凉，东方将白，客方散去。"然后，"吾辈纵舟，酣睡于十里荷花之中，香气拍人，清梦甚惬。"

这是七月半的一种过法。

不同的节，不同的过法。

中国岁时节令，有"三元"之说，即阴历正月十五为上元，七月十五为中元，十月十五为下元。中元节是中国的传统节日。中元节来源于佛教，与佛家的盂兰盆会有着紧密的关系，但中元节又不是一个纯粹的佛教节日，而是一个受到佛教思想影响而形成的民间节日。它渗透了佛家的文化因子，同时又彰显着中国的本土文化——祖先崇拜及鬼魂观念和中国的传统孝文化。

中元节的历史渊源，出于一个佛教故事——目连救母。西晋竺法护翻译的《佛说盂兰盆经》载：

（目连）见其亡母生饿鬼中，不见饮食，皮骨连立。目连悲哀，即以钵盛饭，往饷其母。母得钵饭，便以左手障钵，右手搏食。食未入口，化成火炭，遂不得食。目连大叫，悲号涕泣，驰还白佛，据陈如此。佛言："汝母罪根深结，非汝一人之力所奈何。汝虽孝顺，声动天地，天神、地祇、邪魔、外道、道士、四大天王亦不能奈何，当须十方众僧威神之力得以解脱。吾今当说救济之法，令一切难皆离忧苦。"佛告目连：十方众僧七月十五僧自恣时，当为七世父母及现在父母厄难中者，具饭百味五果，汲灌盆器，香油锭烛，床敷（铺）卧具，尽世甘美，以著盆中，供养十方大德僧众……其有供养此等自恣僧者，现世父母、六亲眷属，得出三途之苦，应时解脱，衣食尽然。若父母现在者，福乐百年。若七世父母生天，自在化生，如天华光。时佛敕十方众僧皆先为施主家咒愿，愿七世父母行禅定意，然后受食。初受食时，先安在佛前，塔寺中佛前，众僧咒愿竟，便自受食。时目连比丘及大菩萨从皆大欢喜，目连悲啼泣声释然除灭。时目连母即于是日得脱于一切饿鬼之苦。

按照此文，僧徒要在每年的七月十五日为自己及世俗之人的宗亲举行盂兰盆会，这与后世俗称的七月半的联系似乎是无可否认的。

在魏晋南北朝时期，盂兰盆会十分盛行。"及七月半，盂兰盆望于汝也。"

《荆楚岁时记》说，七月十五日，僧尼道俗都设置盂兰盆会供养众佛。由此可知，南朝梁时从皇帝、僧尼到民间信徒在七月十五日做盂兰盆会就已相当普遍。

到了唐代，宫廷内仍盛行盂兰盆会。到了宋代，基本成为民俗的一部分。人们以竹竿分成四五足，中置竹圈，谓之盂兰盆。画目连尊者之像插其上，祭毕加纸币焚之。

明清时代的盂兰盆会风俗，南方较为盛行。嘉靖《萧山县志》说当地十五日僧舍各营斋供，举村荐亡作盂兰盆会。小孩垒砖瓦作浮屠塔，燃灯于中，绕塔游戏。

选僧为瑜伽焰口，造盂兰盆，放荷花灯，中夜开船，张灯如除夕，谓之盂兰会。盖江南中元节，每岁妇女买舟作盂兰放焰口，燃灯水面，以赌胜负，秦淮最盛。

今天的七月十五，全国各地普遍称为中元节，而非盂兰盆会，然而，中元节的习俗却仍然沿用盂兰盆会的习俗。在全国各地，七月十五这一天举行祭祀活动已成为一个普遍的社会习俗；至于荷花灯，北方大部分地区称其为河灯，南方有些地方称为江灯。因此，中元节就是盂兰盆会的衍生，它既不是纯粹的盂兰盆会，也不是纯粹的民间节日，而是佛教思想与民间习俗的融汇。

上元（元宵）的灯火最为人所熟知，而中元节的灯火则放在水中，叫做"河灯"，也称"荷花灯"。放河灯的目的，按佛教的解释，是普渡水中的落水鬼和其他孤魂野鬼。

中元节祭祖还有一个习俗，是烧冥纸，即烧袱包。袱包外层很有讲究，每包袱包是烧给哪位祖先，由哪个后人烧寄都写得清清楚楚。

人们祭祀祖先，是对祖先的缅怀和纪念。中元节的活动，是孝道文化的传承，是人们情感的载体。孝可以简单地理解为善事父母，而从深层意义上来说，孝更是一种伦理规范，一种处理宗族关系的方式，一种秩序的建立。祭祖表达的是对先人的思念与缅怀，它是维持宗族关系的一种很重要的方式，可以说，祭祖正是这种宗族关系的一种反映、一个寄托。

焐酒记

2017 年 7 月 18 日

大暑将至，父亲在家焐酒。荞麦酒纯酿，出酒一百六十斤，装了四坛。

夏焐酒，冬来喝。酒要存一存才好。其中两坛，我想最好存它五年十年。以后，每年焐酒，每年部分地存起来，存的时候，搞个封坛仪式。以后，我是说譬如明年吧，可以接受大家定制，新焐的酒，坛子小一点，十斤装；来五六人，写字弹琴，自己写的封条，丁酉年丁未月丙午日，写好，贴起来，搁在我家后院。每年封一次，每年启一次，都过成节日，聚饮。啊呀呀，就这么想想，忍不住要醉。

大忽兄说，最好，还要有一棵芙蓉花，埋坛酒在芙蓉花下，岂不妙哉。

当然好。我家不缺芙蓉花。大理小云又出主意：种棵桂花树，埋坛桂树下，八月桂花落，满院桂酒香。好。我家不仅不缺芙蓉花，也不缺桂花。梅花、桃花、梨花、柚花、杜鹃花、百合花、山莓花、板栗花、石榴花，都有。每株花树下藏一坛，四时花开，日日有酒喝。

此事可为。我藏好酒，就等大家来喝。在北京的编剧先生牛燹说，这件事有意思，有念想，常相聚。行，既然大家说有意思，那就先约起来。开轩面场圃，把酒话桑麻。待到重阳日，还来就菊花。

中秋

拾

水调歌头

（丙辰中秋，欢饮达旦，大醉。作此篇兼怀子由）

明月几时有，把酒问青天。不知天上宫阙，今夕是何年。我欲乘风归去，又恐琼楼玉宇，高处不胜寒。起舞弄清影，何似在人间。

转朱阁，低绮户，照无眠。不应有恨，何事长向别时圆。人有悲欢离合，月有阴晴圆缺，此事古难全。但愿人长久，千里共婵娟。

——宋·苏轼

八月十五为中秋，何也。欧阳詹玩月序云：秋之于时，后夏先冬。八月于秋，季始孟终，十五于夜，又月之中。稽之天道，则寒暑均，取诸月数，则蟾魄圆。故曰：中秋。言此日为三秋之中也，又谓之月夕。

——《事物原始》

月光满怀

2022 年 7 月修改

中秋节最重要的两件事，一是赏月，二是吃月饼。

一年四季都有明月，为何要在中秋赏？有人试图解释这个问题："月之为玩，冬则繁霜太寒，夏则蒸云太热，云蔽月，霜侵人，蔽与侵俱害玩。秋之于时，后夏先冬，八月于秋，季始孟终，十五于夜，又月之中。稽之天道，则寒暑均；取诸月数，则蟾魄圆。"这是从天气与养生的角度，来诠释中秋赏月。

民间中秋赏月活动约始于魏晋时期，但未成习。到了唐代，中秋赏月、玩月颇为盛行，许多诗人的名篇中都有咏月的诗句。待到宋时，形成了以赏月活动为中心的中秋民俗节日，正式定为中秋节。

在杭州城内，赏月佳处甚多。三潭印月、平湖秋月，大家都知道 —— 是西湖上的胜景。中秋之夜，泛舟湖上，水天一景，如梦如幻，天上人间，空灵缥缈。然而杭州还有一个赏月的绝妙去处，一般人不甚知道 —— 即凤凰山上的月岩。

凤凰山，那是什么地方，那是千年前的南宋大内。当年建炎南渡，高宗皇帝到江南来，在凤凰山州府的基础上，修建了皇宫。这个皇宫的规制，在历代中是最小的。

凤凰山地形多好呀，登到山顶，举目四望，钱塘江在前，征帆点点，远山绰约；

西湖在后，波光山影，柳堤烟树；东望城郭，西眺群峰，杭州的山川江湖美景，尽收眼底了。这样的天然形胜，辉煌过往，使宋高宗也不得不对它一见钟情。

凤凰山上有个将台山，老百姓叫它"御教场"。南宋时是御林军的"殿前司营"，亲军驻扎护卫皇城的营盘所在。宋孝宗与后宫妃嫔，也常到将台山习武、射箭和检阅兵将。沿此路一直往上，可以直通凤凰山上的月岩。

现在，当然已经看不到多少皇宫的遗迹了。月岩所在，便是当年皇宫的后花园。在青翠的丛林中，那一片石林玲珑奇巧，石壁削立，假山叠嶂。一块四五米高的岩石顶部，有一个孔洞，大约 30 多厘米宽。那便是月岩。

据说，每当明月当空之时，月光穿过石洞，照在清池中，月光满地，这便是当时皇帝与嫔妃的赏月佳处。

若是八月十五中秋之夜，从八点多钟到十点多钟，天上一轮明月，月光投照下来，正好从这孔洞中穿过，投映在止水当中，又是一轮明月。

那时的人，怎么样过中秋呢？想来也是赏月、吃月饼和螃蟹吧。平头百姓人家，在天井里坐了，孩子绕膝，高朋在座，笑语盈盈，其乐融融。

那时的高宗皇帝，和他的嫔妃、大臣，则在月岩赏月了。举头望明月，低头思故乡。斯时游牧民族强敌入侵，中原沦陷，他被迫背井离乡，一路逃到江南，定都于杭州。此时琴声呜咽，睹月思乡，皇帝大臣心中，都不由平添几许离愁。

"中秋节前，诸店皆卖新酒，重新结络门面彩楼，花头画竿，醉仙锦旆，市人争饮，至午未间，家家无酒，拽下望子。是时螯蟹新出，石榴、榅桲、梨、枣、栗、孛萄、弄色枨橘，

皆新上市。中秋夜，贵家结饰台榭，民间争占酒楼玩月。丝
篁鼎沸，近内庭居民，夜深遥闻笙竽之声，宛若云外。闾里
儿童，连宵嬉戏，夜市骈阗，至于通晓。"

这是《东京梦华录》里的记载。这真是令人神往的京城
中秋之夜，其热闹与繁华，几乎不逊于当下，可见中秋赏月
的习俗源远流长。中秋夜，不眠之夜，夜市通宵营业，玩月
游人，达旦不绝。平头百姓人家，老小围坐，举头赏月，低
头吃月饼，正是天伦好时光。

月饼又是怎么来的呢？据史料记载，早在殷、周时期，
江浙一带就有一种纪念太师闻仲的边薄心厚的"太师饼"，
是我国月饼的"始祖"。汉代张骞出使西域时，引进芝麻、
胡桃，为月饼的制作增添了辅料，这时便出现了以胡桃仁为
馅的圆形饼，名曰"胡饼"。

北宋时，民间俗称为"小饼""月团"。苏东坡有诗云："小
饼如嚼月，中有酥与饴。"宋代的文学家周密，在记叙南宋
都城临安见闻的《武林旧事》中，首次提到"月饼"之名称。

要说月饼，可是花样繁多。按产地分类，有京式、广式、
苏式、台式、滇式、港式等等；按口味分，有甜味、咸味、
咸甜味、麻辣味等；从馅心讲，有五仁、豆沙、冰糖、火腿、
蛋黄等；按饼皮分，则有浆皮、混糖皮、酥皮、奶油皮等，
实在数不胜数。这两年，大家还流行吃一种梅干菜鲜肉月饼。

当中秋之夜，月亮升起，家家在露天设案，将月饼、石榴、
枣子等瓜果供于桌案上，拜月后，全家人围桌而坐，边吃边谈，
共吃一轮大月饼，共赏一轮大明月，当是何等快乐之事。

中秋节，我们还要捣麻糍吃。对于家乡的习俗，我虽然
关心，但一直记不住，至今不明确何时才是吃麻糍的节令，

依稀记得似乎是中秋、十月十或是冬至吧。如今吃东西不讲究节令，想吃了便可以做来吃，似乎没有那么有仪式感了。不过在母亲看来，个个时节做什么吃的，她心里自有一份清单。

做麻糍，大概我乡与别处差不多。大柴灶里烧旺了火，将水煮沸，用饭甑把糯米蒸熟。饭甑这物现在少见，从前是煮饭必用的炊具。现在不用饭甑，用电饭煲也没有问题。蒸糯米饭之时，可舂一些芝麻粉，拌糖备用。等到糯米蒸熟，整甑端出，倒入大石臼中，我执木杵，母亲持净水，我高高举起木杵，一次次击下，将饭粒捣烂。母亲则不时将白白的麻糍翻转。舂麻糍时，木杵一端须不时蘸水，免使饭粒黏杵。约击数百下，麻糍还是滚烫，石臼中已是一团绵烂。此时摘出一小块，放在芝麻糖内滚翻几下，吃起来软韧香甜，美味可口。

以前乡人说，麻糍是很补人的。麻糍沉实，吃后不易饿。以前的月饼又大又重，其实也是沉实的食物，若是一个月饼下肚，郁积胃中半天不得消解。所以现在的月饼越做越小，一口刚好能吃掉的那种最好。

月光是引人遐想的。

明人陈继儒，编有一部短篇杂俎类的笔记《珍珠船》，内有一则故事很有意思。说的是唐朝太和年间，有个周生在洞庭山结庐，懂得道术，常救济吴楚贫民，人们都很敬重他。有次他远行，在广陵途中停留，住在佛寺，恰逢几个游客投宿。时值中秋，晚上天气晴朗，月色明亮，周生和大家一边闲聊一边赏月。席间，有人说起唐玄宗游月宫的故事，说着说着，众人叹息："可惜我们这些俗人，是去不了月宫了！"周生笑道："我曾拜师学道，懂一些道术，能把月亮摘下来放到怀里，供各位一玩。"

　　周生让人空出一间屋子，把四面墙壁及窗子遮住，不让它有一点缝；又让人拿来几百双筷子，用绳子把筷子捆绑成一架小梯子。他告诉大家："我要登这梯子摘月亮，你们听到我呼唤，就可以来看了。"

　　过不多久，周生果然取了月亮，放在怀中。他从屋子里走出来，把衣服掀起，怀中露出半边月亮来，顿时四壁通明，如有月光照耀，寒光沁人肌骨。

　　古往今来，人们对月亮有着无数美好的想象，登月的梦想也如影随形，从未消失。而周生居然可以用筷子搭成云梯，直上九天揽月，摘取那最诗意和缥缈的月光。尽管只是一个故事，但光是想想，就已经足够激动人心了。

　　艺术家蔡国强，也做过一架"天梯"。他的天梯是用焰火搭成的。少年时仰望天空，很多人都有摸星摘月的梦想，但是慢慢长大，再不会做这样的梦了。只有蔡国强像个孩子一样执着，二十多年间，在世界不同的地方屡试屡败，屡败屡试，最终搭了一架五百米高的天梯，辉煌闪亮的道路，在黑暗的夜空里，一直延伸到月亮上。

　　中秋节的常山，可赏月的地方甚多。首先是常山江上。这是一条宋诗之河，若在江上一舟中悠悠荡荡，众人见天上一轮月，江中又一轮月，共吟月宫之诗，听月光之曲，大妙。其次是黄冈山万寿寺中。独对古人之月，觉世间清寂如此，心宇同此澄澈，亦大妙。再次是稻之谷民宿，诸友雅集，对月听虫，饮茶酌酒，不知不觉夜深，一时无话，唯夜空辽阔，星际浩渺，亦妙。

　　当此时，我们一起无论做着什么，倘能也揽来一怀的月光，将是多么的美好。

跟着袁腾飞去爬山。

爬的是一座叫凤凰的山。

凤凰山是千年前的南宋大内。

登到山顶，举目四望，钱塘江在前，征帆点点，远山绰约；西湖在后，波光山影，柳堤烟树；东望城郭，西眺群峰，杭州的山川江湖美景，尽收眼底了。

袁腾飞最感兴趣的还是凤凰山上的月岩。

我们从蜿蜒小道，一路往山上行去。沿将台山一直往上，可以直通凤凰山上的月岩。

袁腾飞立于月岩之前，不由感慨良多。

南宋灭亡之后，皇宫毁于一场无来由的大火，如今竟连一点断壁残垣都不能找到。

凤凰山上，重归沉寂，昔日金光闪耀的重檐叠翠早已不复存在。只有这月岩还在，藤蔓缠绕之间，月岩默然无语，千年时光竟如流水一般悄无声息地漫过。

皇帝轮流做，宫殿也是"眼见它起高楼，眼见它楼塌了"，只有这月岩的石头，从钱王开始，见证了多少朝代的变迁呢？

可以设想的是，如果这座皇宫能留下来——甚至哪怕留下一部分——对于今天的杭州，都是一笔多么可观的遗产。

赏一轮南宋的 月

2016 年 9 月 21 日

可历史无法逆转。

所谓"沧海桑田"的意思，月岩是知晓的。

我们在月岩近旁坐下来，喝一杯茶。茶雾渐起，绿叶翻腾。我们就在一杯茶里，凭借月岩，来感慨一下古今世事。

今人不见古时月，今月曾经照古人。古人今人若流水，共看明月皆如此。

千年前穿过月岩孔洞的月光，就这样洒在我们面前。

丰子恺在一篇文章里，写到一家人吃蟹的情景：

到了七夕，七月半，中秋，重阳等节候上，缸里的蟹就满了，那时我们都有得吃，而且每人得吃一大只，或一只半。尤其是中秋一天，兴致更浓。在深黄昏，移桌子到隔壁的白场上的月光下面去吃。更深人静，明月底下只有我们一家人，恰好围成一桌，此外只有一个供差使的红英坐在旁边。谈笑，看月，他们——父亲和诸姊——直到月落时光，我则半途睡去，与父亲和诸姊不分而散。

丰子恺笔下，父亲极嗜吃蟹，每日必吃一蟹，而且吃得极精细。

父亲说：吃蟹是风雅的事，吃法也要内行才懂得。先折蟹脚，后开蟹斗……脚上的拳头里的肉怎样可以吃干净，脐里的肉怎样可以剔出……脚爪可以当作剔肉的针……蟹上的骨可以拼成一只很好的蝴蝶……父亲吃蟹真是内行，吃得非常干净。"所以陈妈妈说："老爷吃下来的蟹壳，真是蟹壳。"

吃蟹

2022 年 12 月修改

关于吃蟹这件事，在我小时记忆里，是一个空白区域。家乡多山，溪中石蟹倒是常见，夏天大家入溪玩耍，顺便捉了几只螃蟹来，用湿面粉裹了入锅油炸，十分香酥可口。但这总归只算是孩子们的把戏。大闸蟹是一直没有吃过。常吃大闸蟹的时光，应该是在工作以后了，县城酒店里摆酒席，阔绰人家总要上一道大闸蟹；又若干年后，不管是在菜场，还是在饭店，大闸蟹殊为常见了。而我惯于吃海蟹，则又要比吃湖蟹晚一些。

中国人吃螃蟹的历史由来已久。我在《一饭一世界》中写过一篇吃蟹的随笔，提及《世说新语》中就有魏晋文人吃蟹的事，"右手持酒杯，左手持蟹螯"。到了宋代，陆游有诗云："蟹肥暂擘馋涎堕，酒绿初倾老眼明。"再到后来，连《红楼梦》里的公子小姐们，都把啃螃蟹当作雅事，一吃螃蟹就写诗，弄得简直像个螃蟹文化节了。

但是吃蟹的方法，一直不算太优雅。直到明朝，宫里的人吃螃蟹依然没有什么趁手的工具，"凡宫眷内臣吃蟹，活洗净，用蒲包蒸熟，五六成群，攒坐共食，嬉嬉笑笑。自揭脐盖，细细用指甲挑剔，蘸醋蒜以佐酒……"（见《明宫史·饮食好尚》）这里写得清楚，"用指甲挑剔"，然后"蘸醋蒜以佐酒"，用长长的指甲在蟹壳中挑剔，剔出蟹黄来，愉快地伸进醋碟中蘸蘸，然后入口啜吸，这画面实在是有些"雷人"了。到了晚清时候，苏浙沪的大户人家有了"蟹八件"，很多人家还将其作为女儿出嫁时的必备嫁妆。

很多画家喜吃蟹，也喜画蟹。元代画家倪瓒写了本《云林堂饮食制度集》，专门讲到煮毛蟹和蜜酿蝤蛑的方法。现在苏湖人家吃蟹都讲究清蒸，倪瓒那时候是用水煮，以生姜桂皮紫苏和盐同煮，等水开了，翻面再煮。这样的吃法有点可惜了。后面一种蜜酿蟳蟳，蟳蟳是海蟹，也即青蟹，展开来讲又要长篇大论了，且待专文再叙。

明人徐渭，也画了许多螃蟹，我还临摹过几幅。徐青藤笔下的螃蟹，多在稻田或荒草之间，有一股子生猛之气。他有一题画诗云，"谁将画蟹托题诗，正是秋深稻熟时。饱却黄云归穴去，付君甲胄欲何为。"

中秋时节，正是稻谷成熟之时，也是吃蟹的好时候。还是前文提到的丰子恺先生，吃螃蟹还有规矩，他要求家人"螃蟹剥肉不得立食，必须先放在蟹斗里，等到把所有肉剥出，再混入酱醋，以此下饭"。

其实，一边吃着螃蟹，一边饮着温热的黄酒，再一边赏月，才是中秋节最为惬意的事。

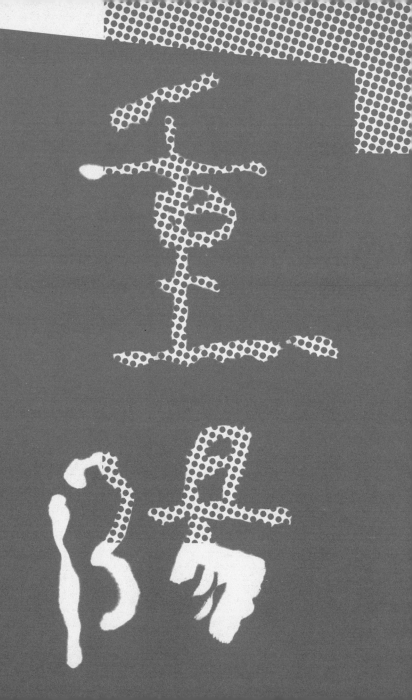

重阳

拾壹

九日登李明府北楼

九日登高望，苍苍远树低。人烟湖草里，山翠县楼西。

霜降鸿声切，秋深客思迷。无劳白衣酒，陶令自相携。

——唐·刘长卿

九月九日，四民并藉野饮宴。按杜公瞻云：九月九日宴会，未知起于何代，然自汉至宋未改。今北人亦重此节。佩茱萸、食饵、饮菊花酒，云令人长寿。

——《荆楚岁时记》

余闲居，爱重九之名。秋菊盈园，而持醪靡由，空服九华，寄怀于言。

浅酌茱萸杯

2022 年 12 月修改

陶渊明在《九日闲居》诗的序文中是这么说的，重阳之日，菊花与酒都重要。大概在魏晋时期，重阳日已有了饮酒、赏菊的做法。到了唐代，重阳节被正式定为民间节日。

重阳节，又称重九节，过重阳节有许多风俗，秋游、饮酒、观菊、登高、远眺、插茱萸等等。登高算得其中最普遍的习俗，李白有句"乐游原上清秋节"，李商隐有句"向晚意不适，驱车登古原"，王维有句"遥知兄弟登高处，遍插茱萸少一人"，都可窥见重阳登高的风貌。

小时候，对重阳的记忆和概念并没有多少，只因为读过古诗，印象里留下了重阳这个节日；此后，又常在新闻媒体上看到，重阳节爱老敬老的报道，又觉得重阳只是个老人的节。慢慢地，等到自己懂得生活的滋味了，开始感受到，重阳真正是一个诗意的节日。

重阳节前后，正是江南桂花四处飘香的季节。

秋风乍起，桂花甫开，杭州满城飘飘忽忽的香，且不说那金玉满堂的好寓意，

单是那一种香气，便足以叫人心醉神驰。

旧时文人，是真风雅。对着一片石、一塘荷、一株树、一枝花，可以消磨一天，乃至消磨半生。桂花树下一盏清茶、一卷旧书，新填一支曲叫人去唱了，桂花簌簌而下，一点两点金黄落入茶盏中来，端的是好光景。

无桂不重阳。桂香满径，点点金黄，惹无数诗人骚客留下好词句。李清照便写道：

暗淡轻黄体性柔，情疏迹远只香留。何须浅碧深红色，自是花中第一流。　梅定妒，菊应羞，画栏开处冠中秋。骚人可煞无情思，何事当年不见收？

坊间俗人，对桂花亦是同样爱惜之。桂花盛开之时，以竹竿敲树，花落如雨，积有厚厚一匾，晒干后封存，泡茶喝，或制桂花糖年糕吃，有时则在麻糍蘸糖中掺入少许，皆别有兴味。此外还可以把鲜桂花收集起来，挤去苦水，用蜜糖浸渍，并与蒸熟米粉、糯米粉、熟油、提糖拌和，按适当比例配好，蒸制，洁白如玉，清甜爽口。由桂花蒸馏而得的桂花露，具有疏肝理气的功效。

到了重阳节，就拿桂花泡的酒喝。在秋天最有情调的事，莫过于收集了桂花来泡酒。一般老一辈的杭州人，在深秋都会有意识地收集桂花，提前用新鲜的桂花泡好，到了重阳节这一天拿出来喝。一般是米酒，也有用黄酒或白酒泡的。重阳节，大人小孩都可以喝一口。

重阳节的时候，赏菊花，吃螃蟹，当然是应该有酒的。桂花酒香气飘飘，喝一口香浓滑甜，真是口感甚佳。

　　古人认为，桂为百药之长，所以用桂花酿制的酒能达到饮之寿千岁的功效。像是汉代时，桂花酒就是人们用来敬神祭祖的佳品，祭奠完毕，晚辈向长辈敬桂花酒，长辈们喝了桂花酒会延年益寿。今天的人，生活节奏太快了，一年四季几乎难得有闲下来的时候。而到重阳这样一天，秋游、赏菊、登高、远眺，再喝一杯桂花酒，怎么说都算是很有闲情逸致的事。脚步慢下来，心也慢下来，一起感受一下这传统生活方式的美好与诗意。

今年桂花开得迟，刚零星闻到桂香，朋友就要带我去吃桂花饼。

但是这个桂花饼要吃到不容易，须得去浙西衢州，一个叫杜泽的古镇才有。桂花饼乍看起来像个馒头，里面却是空心的，只有薄薄一层，桂花撒于饼内，一口咬下去，饼层松脆，又香又甜。别看这饼小巧轻飘，里面还是空心的，却让人吃得欲罢不能，还是当地的非物质文化遗产。

于是，这个秋风乍凉的午后，我在杜泽古镇的老街上，吃到了这一道时令的美味。这是一条历史悠久的老街。古时，杜泽乃浙西衢州往杭州建德的必经之地，到明末清初时，文人辈出、商贾云集，甚是繁华。杜泽小镇上，形成了三十九条街巷交错的格局，有"千户烟灶万户丁"之称。而今，这些老街穿越历史时空留下来，前些年，当地政府按照修旧如旧的原则进行改造，即保留了原有的建筑风貌，也保留了原住民的珍贵的生活样貌。

做桂花饼的店，叫"谢记桂花饼店"，男主人谢志雄做饼已近二十个年头。他开店的老房子已有一百四十多年历史，前店后作坊，有电烤炉、吊炉，也有土炉，生产实现了半机械化加工，除了桂花饼，同时也制作出售鸡蛋糕、麻酥糖、小酥饼、

桂花饼及其他

2021 年 10 月 17 日

芙蓉糕等糕点。据说，单单桂花饼，每年就要卖一百多万个。

谢志雄生于老街，长于老街，他的日常生活，便是这老街的一部分。他的桂花饼，也是这老街的一部分。桂花饼属于衢州月饼中独具特色的一种。从清末开始，镇上的人就在中秋节送桂花饼、吃桂花饼。

前不久，据说有网友来此打卡，买得此饼回去见是空心饼，还大为光火。哪里知道，这桂花饼的特点，正是其空心。这"空心饼"是如何做出来的？我们一边喝茶、吃饼，一边听老板聊天，知道了很多秘密——桂花饼虽然是空心，亦是有馅、有皮的。馅是由面粉、白糖、干桂花、麦芽糖调制而成。把馅包到饼皮里，再把饼扔进一匾芝麻堆里，匾筐左右摇晃，让饼面沾满一层白芝麻。然后上炉烘烤。"空心饼"的秘密就在这里——在水分和温度的共同作用下，饼皮迅速膨起，上下饼皮分开，形成空心。高温下的桂花，香气裹挟糖浆，在中空的饼内左突右撞，却又始终封闭其中，成就了独具特色的桂花饼。

走南闯北许多年，这样的桂花饼，除了杜泽，我还真没有在别的地方遇到过。而在老街停下脚步，坐下来喝一口茶，听老街人讲讲他们的故事，是老街能提供给当下的生活至为珍贵的部分。

跟谢志雄一样，这条老街上的很多手艺人，天天都在老街出没。打铁的、理发的、用麦芽糖做糖画的、廊亭里说书的、卖馄饨的、卖灌肠的，他们是这老街的一部分。难以想象，如果缺了他们，老街还有什么意思。

譬如说，街上有家宝仙手工馄饨，已经开了四十四年。主人宝仙阿姨现在年纪大了，依然是每天早上三四点就起来做馄饨皮了，所有馄饨皮都是当天亲手擀的。白天有客人来吃馄饨，宝仙阿姨一律现包现煮。刚煮出的馄饨皮薄如蝉翼，汤汁鲜美，很多年轻人都是排着队来这里打卡一碗馄饨。朋友说，不知道宝仙阿姨二十来岁的时候，是怎么一个情形，一定有着许多美好的故事吧！20世纪80年代的老街，一间小小的馄饨店开张，一个年轻姑娘的生活故事从这里展开，想想看，这是一部多么怀旧的电影呀。

再譬如说，老街上还有很多家灌肠店。灌肠，名字听起来有些霸道，但事实上也是老街的一道美食。杜泽的灌肠分为两种，一种用石磨将米磨成浆，用盐、生姜、辣椒等调料配好，灌入猪肠内，称之为米浆灌肠。另一种，是将糯米直接浸入调味料里，再灌入猪肠内，谓之糯米灌肠。喜欢爽滑的就吃米浆，喜欢有嚼劲的可选择糯米。煮好的灌肠，一段一段扎得滚圆，浸在红通通、香喷喷、咕嘟咕嘟冒泡的卤汁里，香气飘荡在整条街上。饥肠辘辘的游客闻到这个香，没有人能抵挡得住它的诱惑。尤其是秋冬季节的凉风里，捧一段热乎乎的灌肠边走边吃，真是一种温暖的享受。老街上，卖灌肠的店也特别多，水仙灌肠、土花灌肠、黄明灌肠、玉仙灌肠，一店有一店的风味，一家有一家的秘方，口味略有差异却都好吃。在这条老街上，许多人吃着这样的灌肠，忆起自己数十年前的故事来。卖灌肠的人，也跟随着老街一起变老。他们的身影几乎是与老街的身影重叠在一起的。

再譬如说，这老街上还有酒坊、糖坊、染坊、豆腐坊、药铺、旅店、丝线店、烟店、杂货店，哪一家没有一点故事呢？这样的故事，随随便便一说便是几十年的时光，随随便便一说便是两三代人的光阴；既有令人唏嘘不已的变迁，也有叫人感动落泪的细节，有风起云涌的时代背景，也有日起日落的平淡日常。一条老街，细心收藏了多少的人世悲欢，也轻轻抚平了多少的岁月沧桑。

所以，当我们走在这一条老街上，其实是走在老街人的生活里。如果说老街有灵魂的话，他们就是老街的灵魂。

古镇也好，老街也好，这些年可真多，简直是遍地开花。什么新建仿古的老街、旧底子翻新的老街、不老不新的老街，形形色色，热闹一时，而其中昙花一现的为数不少。深究一下，不过都是徒有其表而已 —— 原住民都搬走了，过去的生活记忆都拆掉了，烟火气息都抹去了，所谓的老街，还能留下什么？不过是虚假的风景。

老街一定得是"活"的才有味道，才能勾起人们情感的共鸣，找回记忆中的乡愁。在杜泽老街上，听说还开了一家池畔酒吧和玉露茶舍，主人是一位年轻的姑娘，她的店，也吸引了一批年轻的客人。是这样的，老街的记忆，终究是属于那些努力追寻美好生活、不让一日枉过的人。老街其实不老，街上人的面孔，构成老街的集体记忆。也只有这样，老街才能够传承讲述新的故事。

对儿谷之美

寒衣

拾贰

路上的寒衣
144-149

路上的寒衣
144-149

秋夕旅怀

——唐·李白

凉风度秋海，吹我乡思飞。连山去无际，流水何时归。
目极浮云色，心断明月晖。芳草歇柔艳，白露催寒衣。
梦长银汉落，觉罢天星稀。含悲想旧国，泣下谁能挥。

是月，都城自一日之后，时令谓之送寒衣节。祭先上坟，为之扫黄叶。

——《析津志辑佚·岁纪》

·注：寒衣节相传起源于周朝，《诗经·豳风·七月》载"七月流火，九月授衣"，意思是农历九月开始天气逐渐转凉，人们也开始为越冬添置御寒的衣服，因此寒衣节也被称为"授衣节"。由于十月刚入冬，九月授衣过早，宋朝时期这一习俗就被移至十月朔日。

路上 的 寒衣

2019 年 10 月

北方农历十月，清晨的路上已经有了一层白霜。

霜凝在草叶上，凝在山石上，人走过时脚底还会发出咕吱咕吱的声响。

这时候差不多已过立冬，孟姜女起早摸黑赶路，要为丈夫送寒衣。为丈夫送寒衣的孟姜女一边走路一边唱，她要用唱歌来赶走漫漫长路上的艰辛与可惧的无望。在那样清寒的天气里，她走着走着居然还出了些细汗。她背上的包袱里，是几件御寒的冬衣，那是为在遥远之地筑长城的丈夫所备，衣服上有着无数细密的针脚，细密的针脚里缝进了多少个黑夜白天，又缝进她多少次望眼欲穿的思念。

是的，孟姜女就是这样一边走，一边轻声地唱：

……九月里来是重阳，重阳老酒菊花香，满满洒来我不饮，无夫饮酒不成双。

前方的路还很遥远，孟姜女不知道还要这样走多少天。但是她继续唱：

十月里来稻上场，牵笼做米成官粮，家家都有官粮积，孟姜女家中空思想。

天气越来越冷了，不知道什么时候才能把寒衣送到丈夫的手中。

十一月里雪花飞，孟姜女出外送寒衣，前面乌鸦来引路，万杞良长城冷清清……

寒露。霜降。立冬。寒衣节。小雪。下元节。入秋以后，这样的节气名词揭示着天气的愈见寒冷。翻查万年历可以看到，寒衣节就在立冬的前后。

寒衣节是在每年的农历十月初一。而寒衣节的由来，说法有很多种，其中流传最广的一种，与孟姜女有关。

孟姜女的丈夫在修长城，孟姜女千里迢迢送寒衣，等到她历尽艰辛终于来到筑长城的工地上，却听说丈夫早已屈死在工地，连尸骨都已被埋在城墙之下。

悲痛欲绝的孟姜女哀号呼喊。除了哀号又能怎么样？孟姜女一个又一个黑夜白天的热望，一次又一次望眼欲穿，一程又一程千里寻夫，只因心中还有一份希望。现在希望已然破灭，内心的精神支柱轰然倾塌，人生至苦至悲莫过于此。

孟姜女哭了十天十夜，长城在她的悲伤里倒塌。丈夫的尸骨在城墙下出现，这对孟姜女来说多少还是一个安慰。现在她用带来的冬衣重新收殓了丈夫，把他带回去安葬。

做完这一切，孟姜女投海自尽。

尽管寒衣节一直有传说，但此前仍未曾清晰地出现在文人墨客的笔下。直到宋代，才有了明确的记载。

《东京梦华录》记载，东京汴梁九月"下旬即卖冥衣、靴鞋、席帽、衣段，以十月朔日烧戏故也"，至"十月一日"，则"士庶皆出城飨坟，禁中车马出道者院及西京朝陵。宗室车马，亦如寒食节"。

而"寒衣"一词的真正出现，则要更晚一些，一直到了明代，刘侗、于奕正《帝京景物略·春场》有当时寒衣节的详细记载：

> 十月一日，纸肆裁纸五色，作男女衣，长尺有咫，曰寒衣。有疏印缄，识其姓字辈行，如寄书然。家家修具夜奠，呼而焚之其门，曰送寒衣。新丧，白纸为之，曰新鬼不敢衣彩也。送白衣者哭，女声十九，男声十一。

清代寒衣节的习俗基本是延续了明代。潘荣陛在《帝京岁时纪胜·送寒衣》记载：

> 十月朔……士民家祭祖扫墓，如中元仪。晚夕缄书冥楮，加以五色彩帛作成冠带衣履，于门外奠而焚之，曰送寒衣。

这是农历十月初一的习俗。

过了寒衣节，天气是一日更比一日冷了。古往今来的"送寒衣"，虽然有着不同的时代背景和地区差异，但"合乎时令的悼亡"是送寒衣的内核。

中国人讲究"慎终追远"，寒衣节，向来与三月清明、七月中元并称民间三大悼亡节日，民间叫做"过十月一"。在儒家"孝亲"传统与"灵魂不灭"的原始宗教信仰的支配下，古人由生者推及死者，由阳世推及阴间，认为远在黄泉之下的亡亲，需要在十月添衣过冬，作为亡者亲属，有义务为其置备御寒物品，以示悼念之情。

寒衣节似乎在北方更为盛行一些。

洛阳话有俗谚："十月一，油唧唧。"意思是说，十月初一这天，人们要烹炸食品，剁肉、包饺子，准备供奉祖先的食品。这些东西油膏肥腻，操作间不免弄得满手、满脸皆是，可不就"油唧唧"了？

一般在上午准备供品。然后打发小孩到街上买一些五色纸及冥币、香箔备用。五色纸乃红、黄、蓝、白、黑五种颜色，薄薄的，有的中间还夹有棉花。晌午吃过饭，可以上坟烧寒衣了。

到了坟前，焚香点蜡，把饺子等供品摆放齐整，一家人轮番下跪磕头；然后在坟头画一个圆圈，将五色纸、冥币置于圈内，点火焚烧。有的人家不但烧冥币，还烧用五色纸糊成的豪宅、汽车等"奢侈品"。

还有的人家，在坟头画圆圈时，不忘在旁边另加个圆圈。其用意乃在救济那些无人祭奠的孤魂野鬼，以免他们穷极生恶，抢走自家祖先的衣物。

至于"画圆圈"的习俗，洛阳一带现在都在流传：有人不去老坟烧寒衣，而在家门口及十字路口烧。

十月初一这天，天快黑了，人们抓把土灰，在家门前撒一个灰圈，然后焚香上供，燃烧纸衣、纸锭，祭奠先人。

不过，烧寒衣还是有一些讲究的。凡送给死者的衣物、冥币等物，必须焚烧得干干净净，唯有如此，这些阳世的废纸才能转化为阴曹地府的绫罗绸缎、金银财宝。倘若有一个纸角没有烧尽，那么阴间的人将接收不到这些财物。

越冬的寒衣，必将携带着生者的希望穿越时空抵达彼岸。

"寒衣节"既然是"祭祖节"，节日习俗仍被保留。

2014 年 11 月 22 日，即农历十月初一，少林寺有一场活动。当天清晨五点半，少林寺四众弟子齐聚大雄宝殿，在释永信方丈的率领下，集体共修：早课、诵经、祈福。随后，在清晨蒙蒙的晨光中，释永信方丈带领大家，迎着初冬的阵阵寒意，到少林寺塔林扫塔祭祖。

参加仪式的，还有为祭奠祖师先贤而赶来的少林寺下院——初祖庵、卢岩寺的僧众以及少林慈幼院的师生们。

在少林寺塔林前，按照民俗传统和佛教仪轨，举行了庄严隆重的祭祖仪式。释永信方丈与僧众一起，依次在普通塔、雪庭福裕塔和愿安行正塔等祖师塔前诵经、上供，并焚烧五色纸，以表达对历代祖师先贤的无限感恩和缅怀之情。

其间，释永信方丈开示道："中国是一个礼仪之邦，自古以来特别重视对祖师先贤的祭祀传统，对逝去的故人、祖先的感恩和思念之情是非常浓烈的。在中国北方，自农历十月初一开始逐渐进入寒冬，人们早已穿上了冬衣，此时通过这样一个传统节日，来向逝去的故人、先贤送达温情，正是对传统文化和礼仪的传承。作为少林僧人，我们更是重视这一传统，以此感恩和缅怀祖师大德。"

以上活动摘自一条官方新闻，具有一定的史料价值，遂录于此。当然，除"寒衣节"的祭祖习俗之外，"寒衣"还是中国古典文学里十分常见的意象，比如《诗经》中就有"七月流火，九月授衣"。

寒衣还常与月夜联系在一起，如"长安一片月，万户捣衣声"（《子夜吴歌》李白）。

在唐代，在初冬到来之前赶制寒衣，是一件很常见的家务活。《全唐诗》中共收寒衣诗 66 首，即可见之一斑，亦可知"寒衣"乃是唐诗中的重要意象。诗圣杜甫《秋兴八首》之一：

> 丛菊两开他日泪，孤舟一系故园心。寒衣处处催刀尺，白帝城高急暮砧。

中唐诗人张祜的《晚秋江上作》：

> 万里穷秋客，萧条对落晖。烟霞山鸟散，风雨庙神归。地远蛩声切，天长雁影稀。那堪正砧杵，幽思想寒衣。

人在异乡，没有寒衣，天气渐冷，听到别人家赶制寒衣的捣衣声，心里充满了怅然。

时至今日，"寒衣节"的习俗已渐行渐远，我向年轻的同事们打听了一下，结果四五个来自不同地域的 80 后和 90 后都说根本没有听说过"寒衣节"，更不知道那天的相关习俗。倒是有一首歌曲，因为电视剧《花千骨》播出而大热，歌名就是《寒衣调》。歌词曰：

> 月光稀，是谁捣寒衣，望天涯，想君思故里。一夜落雪未满，北风急，千里迢迢，一心相系……

这首歌词的意象，倒没有超出中国传统文学中的寒衣内涵。

腊八

十月十

十月十

十月

腊八

臘八

十

拾肆

腊八

即每年农历十二月初八，又称为法宝节、佛成道节、成道会等。本为佛教纪念释迦牟尼佛成道之节日，后逐渐也成为民间节日。

拾叁

十月十

十月初十是丰收节，主要是庆祝一年的丰收。祭祀丰收神"炎帝神农氏"。

除夕

除夕是除旧布新、阖家团圆、祭祀祖先的日子。岁除之日，民间尤为重视，家家户户忙忙碌碌，清扫庭舍，除旧布新，张灯结彩，迎祖宗回家过年，并以年糕、三牲饭菜及三茶五酒奉祀。

拾伍

腊月

腊月是岁末十二月的别称。关于【腊】早在《周易》与《周礼》等著作中就有【肉甫】和【腊味】的记载。【腊】的本义是【干肉】。

腊
月

除
夕

除夕

中国人的时间哲学

仪式
岁时礼俗之美

腊月

十月

拾叁

渔家傲 〈小春〉

十月小春梅蕊绽，红楼画阁新妆遍。鸳帐美人贪睡暖，羞起晚。玉壶一夜冰渐满。楼上四垂帘不捲，天寒山色偏宜远。风急雁行吹字断，红日短。江天雪意云撩乱。

——宋·欧阳修

八月剥枣，十月获稻。为此春酒，以介眉寿……九月筑场圃，十月纳禾稼。黍稷重穋，禾麻菽麦。

——《诗经·豳风·七月》

丰收
的 节日

2022 年 11 月修改

十月十是个什么节，我搞不清，母亲说也要打麻糍。网上搜了一下，十月初十是壮族的"新米节"。这倒是很有意思的。我们以稻米为主食的地区，很有必要复兴"新米节"这样一个节日。万物生长，秋天稻子成熟，收获之后第一件事应该是共尝新米，同时对土地表示感谢。"父亲的水稻田"新米收获，通常也会在第一时间与稻友们一起，品味新米的香气，分享收获的快乐。

有的地方，在十月初十是把糯稻在七八分成熟时收割回来，在热水锅中过一下，晾干舂壳后，用手捧着吃。这时候的糯稻，呈新鲜的碧绿色，有强烈的新稻香。这叫做"吃扁米"，也是壮族的风俗。

但是我们老家这儿，十月十是什么节呢？——原来从我们村口开车十几分钟，到达邻市江山的大陈乡，此地有个"麻糍节"，已入选省级非物质文化遗产名录。因为距离相近，我村许多人常常去大陈抓猪崽、买肥料，或者赶个集，日子长了，两地同俗。每年十月十的"老佛节"，据说已沿袭数百年，起源于民间秋收后，农人庆祝丰收、祭拜天地神明的仪式。看来，这也与遥远的壮族的"新米节"风俗大致相同。大陈的"老佛节"上，按照传统仪式，

家家户户都要摆酒席，还要扛着神像游街，也要打麻糍，众人分享。后来，许是嫌"老佛节"的名字有些封建意味，当地人把十月十定名为"麻糍节"。每年这一天，农人们自筹资金、自导自演，搞一台晚会。很多外地客人都会去参加活动，热闹极了。

我觉得，还是把十月十叫回"老佛节"好一些。要不然，以后大家虽然知道是要吃麻糍，而为什么吃麻糍，却不甚了了。虽然如今，过年、端午、中秋、冬至或是任何平常的一天，人们都可以打了麻糍来吃，但是因为意义的不同，麻糍便也有了不同的滋味。

获稻记

2018 年 10 月 30 日改定

毛豆的收获很简单，稻子的收获就颇不容易。以前乡下一年到头有几件大事，收稻子算得一件。种两季稻的时候，"双抢"是在最热的大暑里，算是一年当中农人最为辛劳的时节。双抢，是抢收和抢种，抢的也就是时间。农人素来平淡，有什么好抢，抢到一个好天气，抢到两天时间提前把农事做完，就是幸甚幸甚的喜事。

现在我们是只种一季稻了，节奏也就悠缓许多，并不急着在两三天里收割又赶着把秧插下去。收割过后，是漫长的冬闲，把田闲下来，什么也不管它，或者种上一季紫云英——这就是一种保养。休养生息。田也是需要放空的。什么事情也不干，看起来是懒散，其实张弛有度，是令生命悠长的方法。

远人兄，我们以前收割稻子，用打稻机——今秋在兰溪的梯田里收获，农人们搬出了最古老的稻桶，那是我从前没有用过的农具。有勇猛的朋友，光了膀子，把稻穗一下一下地挥舞起来，击打在稻桶的壁上，天地之间发出"咚咚咚"的声响。稻粒飞溅，好看，也令人欣喜。

远人兄，我们今天的人，可以这样感受一下劳作，是多么难得。即便稻叶把肚皮划出一道道浅浅血痕，即使手臂痒上几

天，那也是无碍。这样的痒，这样的挥汗如雨，是生命里珍贵的体验。离开了这片田野，离开了这一天，走千里万里，过五年十年，也不大会有这样的体验。

—— 人活着，不就是想千方百计地证明自己活着吗。痒也好，痛也好，那就是活着。

现在的乡下，当然，也进步了。一般的收割劳作，也有收割机。十里八乡，有一台收割机，挨着日子过来，一块稻田一块稻田地收割。如今农村里缺的是什么？人。壮年的劳力都进城去务工、谋食，村庄里寂静得很。田也没有人种了，很多稻田因此荒芜。种了又如何，没有力量收割，也是白费。我的父母每到收割季，天天担心的就是收割机哪一天会来。收割机来的时候，我们的稻谷是否刚好成熟。—— 是这样，田畈上十块田，八块成熟了，收割机过来，最好是全部收割掉。下一次，收割机就不来了。农人只有自己动手，以镰刀、打稻机去收割。这样的劳作，放在从前还是可以，有人。现在没有人，岂不愁闷。那便只好没有成熟也一并地割掉了。

没有完全成熟的稻子提前收割，收成当然是很受影响的。但比起成熟却丢弃在地里，还不如早收。

种田，就是这样琐碎而磨人。一件一件小事，看不见，摸不着，却牵动全局。

比如换一个稻米的品种，也很困难。成熟期早了三四天，或是晚了三四天，都是一件难办的事。

我们的田里，今年尝试种了一片黑糯米，大概是经验不足，还是什么别的原因，成熟期也晚了好多天。大片收割的时候，它还没有成熟，而且整穗里面，空瘪、秕谷占了大部分。别的谷收割过后，父母两个人用镰刀收割黑糯米，又用打稻机脱粒，最后晒干一称，只有二十来斤谷子。

远人兄，我们这几天，是吃到新米了。新鲜的米，吃起来有一种米香。我这样和你说，你会觉得好笑 —— 香味是很微妙的，除非亲尝，否则用言语很难说得清。

今季的稻米品种，是"天优华占"，跟去年的"Y两优二号"有些差异。

天优华占 —— 米质主要指标，整精米率 69.9%，长宽比 3:4，垩白粒率 3%，垩白度 0.3%，胶稠度 80 毫米，直链淀粉含量 20.7%，达到国家"优质稻谷"标准 1 级。

Y两优二号 —— 出糙率 80.8%，精米率 71.3%，整精米率 67.2%，垩白粒率 30.0%，垩白度 2.1%，透明度 1 级，碱消值 3.3 级，胶稠度 90 毫米，直链淀粉含量 15%。

这样的两组数据放在这里，你能看出什么不一样吗？

长宽比，垩白粒率，垩白度，透明度，都是外观。垩白，是米粒里白色的部分。一般来说，白的东西多，米就不好看。垩白粒越少，越透明，大米越是美观。后面的部分，比如胶稠度，是大米的蒸煮品质。

大米煮出来，有的特别黏稠，有的就粒粒清爽，就是胶稠度的不同。

最后，是直链淀粉含量的不同。这一项很有意思。我早先以为，直链淀粉含量越高，品质越好，其实不是这样的。淀粉含量高，只是甜一些，但是越高，煮出的米饭就越硬。一比就知道了，今年的"天优华占"，比去年的"Y两优二号"直链淀粉含量高一些，因此米饭的口感没有去年的黏软，吃惯了东北粳米的人，就会觉得这米饭干了。

今年新米收获后，我在心里有隐隐担心，是不是大家能够接受。好在收到米的朋友，品尝之后纷纷跟我反馈，说还是很喜欢。有的正好是因为喜欢吃干爽的米饭。还有一位，特意炒了一盘蛋炒饭，金黄漂亮，粒粒清爽，说拿来炒蛋极为相宜。我也觉得高兴。

腊八

拾肆

腊月八日于剡县石城寺礼拜

石壁开金像，香山绕铁围。下生弥勒见，回向一心归。
竹柏禅庭古，楼台世界稀。夕岚增气色，馀照发光辉。
讲席邀谈柄，泉堂施浴衣。愿承功德水，从此濯尘机。

——唐·孟浩然

十二月初八日，吃腊八粥。先期一日，泡枣汤，至初八早，加粳米、白果、核桃仁、栗子、菱、米煮粥，供佛圣前，户牖园树，井灶之上，各分布之，举家皆吃。或亦互相馈遗，夸精美也。

——《酌中志略》

一碗粥

2015 年 8 月 1 日

天明之时，微雨，急往南山路去。

平常我都要睡到日上三竿。无日，天不明，则还要睡得晚些。

然这日是腊月初八，我去讨碗粥吃。

结果胡庆余堂药膳馆的人都散了，仍是去迟一步。药膳馆的人说，大伯大妈五点不到已然排队，至八时，施出腊八粥数千份，遂告罄。

在杭州，每年腊八日，各大寺庙都要施粥。灵隐寺、永福寺、净慈寺、法净寺、法镜寺、法喜寺、香积寺，天寒地冻，粥香四溢。到得寺中，便能吃上一碗热热的腊八粥。

糯米、赤豆、白果、莲子、芸豆、粳米、花生、桂圆、蜜枣、红枣，我们以为腊八粥是八种原料，其实远不止，还有更多我未在此列出。杭州的腊八粥，一般有十几种原料，多的，会超过二十种。

胡庆余堂、方回春堂、张同泰，杭州老字号药店的腊八粥里还会添加不同的药材。胡庆余堂加的是人参与枸杞；方回春堂则加三味特色中药，枸杞子、淮山药和茯苓；张同泰的粥亦有自家独特方子。

腊月初八，为什么要吃腊八粥？其说法，最早是来源于佛教：

佛教的创始人释迦牟尼出家后，曾游

遍印度的名山大川，以寻求人生的真谛。他长途跋涉，终日辛劳，晕倒在尼连河畔。这时，一位善良的牧羊女用捡来的各种米、豆和野果熬粥给他喝，使释迦牟尼终于苏醒过来，并于腊月初八得道成佛。从此，每年的这一天，群僧诵经做佛事，还仿效牧羊女以多种米豆干果熬粥敬佛。

　　这段话，是书上抄来的。腊八之前，关于腊八粥的新闻，本城的报纸上必浓墨重彩登之，有的且是整版刊登，怎么领粥，怎么发放，怎么乘车，怎么联系，务必详备。然关于腊八粥的来历，则大同小异，一看也都是书上抄来的。

　　早些年，人在腊八这一日都往寺庙中去，领一碗粥吃，是吉利事。今年大约是管事者担心人多集聚，不利安稳，遂不再让人集中领粥，而是由寺庙熬好，再专程送到各处。学校、福利院、养老院，以及各单位、社区，都一车一车地送。

　　腊八日下午，我去上班，正有人把一箱灵隐寺的腊八粥送到办公室来。

　　办公室里有微波炉，热一热，就吃了。

　　居然有了些速食的感受。

　　记忆中，绿皮火车上常卖听装的八宝粥。有人作了一个对子，上联是"啤酒饮料矿泉水"，下联是"花生瓜子八宝粥"，横批"让一让"。

　　那听装的八宝粥，多少年没有吃过了，绿皮火车，也是多少年没有再坐过了。

　　洪烛，南京人，说南京人爱做八宝饭。

　　将糯米干饭蒸成碗状，倒扣过来，浇上红枣、核桃仁及各色果脯熬成的糖稀，酒后热气腾腾地摆在桌中央，大家你一勺我一勺挖着吃，香甜糯软，无论从视觉还是味觉都是一大收获。

八宝饭，似乎各处都有，与八宝粥一湿一干，相映成趣。八宝饭，一般喜宴上都会有，家常倒不一定做了。做法其实也不复杂，在大碗底抹一层猪油，把蜜枣分四处摆放，中间放颗最大的；放半碗糯米，中间填入豆沙，再添加糯米，添满抹平后，狠狠地压实，再蒸上四十分钟，取出来，把它反扣在盘子里，即成。此时，你能见到的是蜜枣与糯米，豆沙见不到，藏在里面。这便是做得好的八宝饭了。

据我的观察，宴席上的八宝饭，现在总不那么受欢迎。稍稍搁置就变冷，变硬，不堪再吃。家里做，又没有那个闲情。超市里现有一种八宝饭卖，拿回家直接微波炉热了，就是成品，可省去诸多繁琐细节。

超市，是个好地方。腊八节前，超市里就有配好各种材料的腊八粥卖，买回去自己煮。也可以买罐装的八宝粥。小区门外有一间便利店，我常见到行色匆匆的上班族，在黄昏时候，缩着脖颈在那里吃微波炉加热的盒饭。腊八这一天，便利店里居然挂出招牌：本店今日供应腊八粥。

腊八的雨夜，一个三十多岁穿西装的男子，把公文包放在脚边，坐在高脚圆凳上吃一碗热乎乎的腊八粥当作晚饭。天色渐晚，便利店的灯光，是温暖的黄色，映在外面湿漉漉的街面上，倒也有几分温暖。

要下雪了。

我却又想起母亲做的八宝菜了。

　　每到腊月，母亲会做八宝菜。一做总是一大盆。最主要的原料，是腌冬菜。小时冬日，我常赤足进缸踩白菜，那是做腌冬菜的必要程序。八宝菜除腌冬菜之外，还有芹菜、豆芽、豆干、白萝卜、胡萝卜、千张、蒜叶、木耳等。全部切丝。热油爆炒。无汤汁，清清爽爽，盛一大盆，摊凉置之。也就不管什么腊八、腊九，每天都可以吃了。尤其是春节，油腻必多，一碟八宝菜上桌，总是特别受欢迎，特别开胃。

　　八宝菜，过饭甚好，过白米粥，尤其好。

　　于是感叹，什么山珍海味，不如一盘八宝菜。

　　此话一出，当场就遭家人笑话：好像你还真吃过多少山珍海味似的。

腊月

拾伍

梅花诗

常年腊月半，已觉梅花阑。
不信今春晚，俱来雪里看。
树动悬冰落，枝高出手寒。
早知觅不见，真悔著衣单。

——南北朝·庾信

十二月俗称腊月。按《礼传》：夏日嘉平，殷日清祀，周曰大蜡，秦曰腊。汉因之腊者，猎也。田猎取兽，以祀其先也。或曰：腊，接也，新旧相接，大祭以报功也。

——《钦定古今图书集成·历象汇编·岁功典》卷九十四

甜夜录

2016 年 1 月 8 日

悄无声息地走路，悄无声息地进屋。掩上门，还得闩上。说话也低声静气。

仿佛生怕惊动了什么。

写文章前，我特意打电话给母亲：做米爆糖的夜晚，为什么那么神秘。

母亲说，没有啊。那么晚，你们都睡了。

我们确实都睡了。挨不住。灶膛里大块的劈柴熊熊燃烧，热量散发出来，把人暖得睁不开眼。一只猫，早早蜷在灶后的猫耳洞里，舒适地打着鼾。

次日清晨我们醒来，一列一列的米爆糖，早就整齐地躺在案板上，散发着好看的光泽。一只一只的洋油箱，装得沉沉的。

有米爆糖的冬天，令人感到心满意足。漫长无聊的冬天，有孩子可以随手拍打，有甜食可以随手取食，拧开 14 寸电视机有 1987 版《红楼梦》可以看，尽管屏幕上的雪花点比屋外雪花还密，没关系，该心满意足，就得心满意足。

可我仍不罢休。我问母亲：制米爆糖的夜晚，是不是有什么禁忌 —— 小孩不该知道的？

母亲说，没有什么禁忌啊。

米爆糖的夜，空气是甜滋滋的。父亲早早买了白糖，以及麦芽汁 —— 我们叫"糖娘"，不知道为什么叫糖娘。母亲早早炒

17

17

好了米花。晒干的大米，在铁锅里用细沙同炒，米粒纷纷怒放为花，一朵一朵，纷纷扬扬，在黑色的背景里竞相开放的白色，那么好看。

现在，要用糖，那甜黏之物，把一切散落的、纷扬的，一个一个汉字一般的米花，凝结成句子、诗篇、文章，凝结出秩序、队伍、大地。

真的，糖，就是灵感。

糖娘就是灵感之娘。

这样一想，我就知道了，制米爆糖的夜晚为什么静悄悄。灵感是一种敏感的东西，稍稍的慌张，一点点牵强，十秒钟游离，都可以轻易地将它赶跑。

所以，制米爆糖的师傅，是十二月行走在村庄的诗人。

身上带着甜味的诗人。

米爆糖师傅在村庄里为数不多，他们掌握的秘密是一般人无法知晓的。他们入夜行走，披星戴月（有时披雪戴花），穿越黑黝黝的田野、长长的木桥，穿越零星的狗吠、高远的鸦声，走三四里路，去某一户人家。

来了？

嗯，来了。

冷吧？

冷。这雪大的。

快到灶前坐下。

是的，熊熊的灶火，用温暖裹挟了他。一大缸热茶已经备好，此时递到他的手上。一支烟，地随手从灶膛里抽出一块柴火，点燃。

好了，一个被甜意充盈的夜晚就此开始。糖在锅里，糖娘在锅里，米花在锅里，这些东西一块儿搅动起来，夜也就被搅动起来。当米花与糖搅到一定程度（具体到什么程度，由掌勺的诗人决定），迅速地取出，热气腾腾地，倒进木案上那个"口"字形木架子间。穿上新鞋子的人，站上案板，去踩。踩那些米爆糖，直到它非常坚实（一篇好的文章，文字与文字之间也具有这样稳定的结构：一字不易，密不可分）。然后动刀，先切成条，再切成片。嚓嚓嚓嚓，嚓嚓嚓嚓。

门是关紧的，风都吹不进。这让诗人感到踏实。有一次，在搅动一锅甜意的时候，门突然打开，一阵冷风吹进来，诗人心中一紧，手里一沉，锅里嘟噜嘟噜冒泡的糖液立时收了下去，熄了，干了。

他说：有什么脏东西来过。

有了脏东西来过，那一锅米爆糖再也无法凝结。松松散散，像一堆突然从树上掉落的叶子，像一篇被写坏了的文章（一个不喜欢的人的电话就轻易地打扰了写作进程），令人灰心。

明白了，这就是制米爆糖的"禁忌"：忌外人串门，忌随便开门，忌高声谈笑。

我离开村庄很多年，这样米爆糖的夜晚也久违了。听母亲说，村庄里大家都不做米爆糖了。原因，能想得到——现在大家不缺吃的了，想吃什么，随时可以进城买到。

母亲说，现在城里就有当街做米爆糖的——就在街边，大白天的，一锅一锅做——不也做得好好的吗？哪有什么禁忌？

　　我却觉得，生活其实需要一点仪式感。

　　为什么我们的生活变得缺少趣味？

　　因为我们失去了那些门闩得紧紧的，悄无声息的，甜意充盈的，夜晚。

烟火
之神

2016 年 2 月 1 日修改

在中国人的日常家庭生活里，还有什么比灶更重要的吗？

吃饭从来就是一件和天一样高的事。

有家，必有灶。一日三餐离不开灶。灶王爷目光炯炯，注视着一家人的饮食，日复一日，年复一年。灶王爷虽是神，但几乎就要跟家庭成员一样亲近了。

春节，一年当中最重要的节日，当然不能忽略了灶王爷。我们的春节，这漫长的节日，就是从祭灶揭开序幕的。也可以说，是从天天抬头不见低头见的灶王爷开始的。

灶王爷是玉皇大帝派到人间来的特使，"九天东厨司命灶王府君"，负责管理各家的灶火。灶王龛大都设在灶房的北面或东面，中间供上灶王爷的神像。我小时，经常能在各家的厨房里看到灶王龛，灶王神像前插着香。那时不懂，觉得敬畏，现在想来，觉得颇为亲切。乡下村妇，一年到头忙碌，日子琐碎又艰辛，没有什么好伙食的时候，也要变着花样为一家老小做出好吃的饭食来。在烟火与炒辣椒混合的浓烈气氛中，呛出泪花的村妇抬头看见神龛里的灶王爷，大抵心里会产生一丝丝的安慰吧，到底还有神与我们在一起。

腊月二十三，灶王爷要上天，去向玉皇大帝述职。这是一件重要的工作，谁家

都马虎不得。这一年来一家人所吃的饭，所行的事，所施的善，所创的业，欢笑与泪水，纠结与艰辛，都被灶王爷看在眼里，现在他要上天，如实地向玉皇大帝汇报这一切；更重要的是，他的汇报，还将决定着来年这一家的吉凶祸福。在一周之后的除夕晚上，灶王爷将带着一家人应该得到的好坏未来，与其他诸神一同来到人间。灶王爷是为天上诸神引路的。其他诸神在过完年后，会再度上天，只有灶王爷会长久地留在人间，留在人家的厨房内，过着平凡又充满烟火气的日子。

那么，在腊月二十三灶王爷上天之时，送送他是缺少不得的仪式。很多地方，会把麦芽糖作为祭灶的主要物品。童谣说："糖瓜祭灶，新年来到。闺女要花，小子要炮。"

老舍在《北京的春节》中写道：

腊月二十三过小年，差不多就是过春节的"彩排"。天一擦黑，鞭炮响起来，便有了过年的味道。这一天，是要吃糖的，街上早有好多卖麦芽糖与江米糖的，糖形或为长方块，或为瓜形，又甜又黏，小孩子们最喜欢。

南方祭灶，和北方一样，也是用的甜食，爆米糖、米糕，为的是让灶王爷吃了甜食，嘴巴甜一些。"上天言好事，下界保平安。"

人们对待灶王爷，日常随意惯了，到了他真正发挥作用的时候，突然地对他热络起来。好吃好喝地侍奉着，好听的恭维话也说一通。这样一种习俗流传到现在，慢慢地已经变成一种游戏，通过灶王爷表达一下内心对美好生活的希冀而已。

灶王爷长什么样呢？我们却从来没有认真想过。资料上说，最早在《庄子》里有描述，说灶王爷留有发髻。齐国方士皇子告敖说的，"灶有髻"，晋司马彪注曰："灶神，其状如美女，着赤衣，名髻也。"其状如美女，说灶王爷是貌如美女的男子，真是高颜值的神。到了魏晋以后，灶王爷有了自己的名字。《通俗编》卷十九引许慎《五经异义》云：

灶神姓苏，名吉利，或云姓米，名单，字子郭。其妇姓王，名扶颊，字卿忌。

《后汉书·阴识列传》唐李贤注引《杂五行书》曰：

灶神名禅，字子郭，衣黄衣，夜被发从灶中出，知其名呼之，可除凶恶。宜市猪肝泥灶，令妇孝。

从东汉许慎《五经异义》，到唐段成式《酉阳杂俎》所记，灶王爷都为男性，或披发，状如美女。到东汉，灶王爷有了配偶。至唐末，灶王爷还有了子女。

灶王爷回来时，是在除夕。除夕大家都要接神、接灶王爷。接灶的仪式很简单，只要在灶龛前燃香就好。我们老家的习俗，会备好两块又大又干燥的劈柴，在年夜饭之后，整个厨房清理完毕，灶内烬火都熄，便在灶膛内塞进两块劈柴——这是给辛苦忙碌一年的灶王爷的压岁钱，也算是给灶王爷拜年啦。

南方的大柴灶，我老家乡下还有。尽管也有燃气灶，但村民依然保留大柴灶。柴灶的好处，是煮大锅的东西方便，蒸焙糕、煮粽子、煮猪头肉，都能施展得开。尤其是在过年的时候，柴灶能派得上大用场。

城市里都是高楼大厦，灶也今非昔比，灶王爷不知道还能不能认得回来的路。也不知道灶王爷是不是能耐得住寂寞，一年到头，守在家家户户的厨房里。

大扫除

2016 年 2 月 1 日修改

要过年了，一场大扫除必不可少。平日里，哪有那么多时间将里里外外彻底地打扫一遍，过年是一个契机。

"腊月二十四，掸尘扫房子。"民间的说法，"尘"与"陈"谐音，新年扫尘，就是"除陈布新"的意思，把一切穷运、晦气，一切不好的东西，统统扫出门去。

清顾禄《清嘉录·十二月·打埃尘》：

腊将残，择宪书（指历本）宜扫舍宇日，去庭户尘秽，或有在二十三日、二十四日及二十七日者，俗呼打埃尘。

清徐崧、张大纯《百城烟水·苏州》："二十七日扫屋尘，曰除残。"

我母亲的做法，掸尘灰，也是并不拘于哪一天，只要挑天气晴好的时候。碗橱，桌椅，大大小小，都搬到太阳底下来清洗。乡下的房子高，要取最长的竹竿，扎上竹枝，成为长长的扫把，去掸除屋梁之上、鱼鳞瓦下、白墙角落的灰尘与蛛网。

还有些地方，长扫把上扎的不是竹枝，而是稻草。掸尘过后，"把稻草留着，除夕夜吃完年夜饭后，再点燃稻草，供男人们跳火墩。"（见吴金宣著《江南风俗》）

我们则没有跳火墩的习俗。最多是把

掸过尘的竹枝，塞进灶膛里烧掉而已。

扫尘，不只是打扫卫生，也是表达一种美好的愿望——破旧立新，去穷来富。一年之中积下的"晦气"与"穷运"统统扫出去，所以俗语说，"一扫金，二扫银，三扫扫个聚宝盆。聚宝盆里有个宝，子子孙孙用不了。"

至于打扫卫生的日子，也要挑个吉日。一般来说，二十三、二十四或二十七日都是很好的日子，民间俗语有："腊月二十七，里外洗一洗；腊月二十八，用具擦一擦；腊月二十九，脏土都搬走。"

事实上，"除旧纳新"的寓意，伴随着整个春节，在除夕之夜前，所有的"除陈"之举都是适宜的。很多人还会在大年三十年夜饭开席之前，走到屋外，掸掸身上的尘灰，那也是"除陈"与"迎新"的美好之意吧。

说到大扫除，还要扯开讲一点有趣的事。老家赣方言里，有一种小动物"八脚喜"，也叫"壁喜"，其实"喜"字正确的写法是"蟢"，是一种蜘蛛，身体细长，暗褐色，多在家里屋梁下、墙壁间结网。八脚蟢，音同"喜"字，乡下也多认为是吉兆了。大扫除的时候，这一种小蜘蛛就常见到，村人并不恶之。但掸尘灰的时候，照例会尽数清扫下来，我们小孩就看准那些落地的八脚蟢一脚踩去。

据文献载，吉兆之说，自古有之。如北齐的刘昼《新论·鄙名》中说："今野人昼见蟢子者，以为有喜乐之瑞。"这虽然是有迷信的意思，但也反映了古人对于美好的期待。"蟢子者，小蜘蛛也。"明代喻时说民间俗信蟢子将带来好事："喜兆必垂于冠冕，必垂于屏帏，必垂于檐楹"，所谓"蟢子垂而百事喜"。结网的蜘蛛，如果吐以一丝而垂下，就是兆喜之象。事实上，在《诗经》中，就有一句"蟏蛸在户"，后世学者注释蟏蛸为"小蜘蛛长脚者，俗呼为喜子"。

唐朝诗人权德舆写《玉台体》诗，其中有说："昨夜裙带解，今朝蟢子飞。铅华不可弃，莫是藁砧归。"裙带无意中自解，仰头可见蟢子垂挂，这首诗里写的虽是日常，却把女主人公思夫的心情表露无遗。

尽管蟢子是吉兆，到了过年前的大扫除，还是无一例外要清扫出去。毕竟，蟢子扫除还会再有，喜事来年也会重新降临。

大扫除终究是一件累人的家务。但是从大扫除开始，过年的仪式就一天紧接一天。仪式感，正是过年带给人们的礼物，我们现在的日常生活越来越没有仪式感了。

在江南地区，过年之前，还有一个仪式，叫做"担年礼"。是说，青年男女只要定了亲，腊月二十五过小年之前，必须担年礼给岳父母。

猪肉，鱼，蹄髈，索面，粽子，米糕，用一担箩筐堆好，吱呀吱呀地用扁担挑过去。

以前乡间，也是常见这样一景，十里八里的路，就这样挑了担子走去。现在，此景也不复见到。

腊月廿五是稍显忙乱的。

这一天，头等重要的事，莫过于"接玉皇大帝"。腊月廿三，灶王爷上天汇报工作去了，过了两天，玉皇大帝就要亲自下界，来人间体察善恶，决定来年祸福。

凡间众生芸芸，玉皇大帝到底几点钟莅临指导，没有给出准话。家长一早就给大小叮嘱过了：今天玉皇大帝要来视察，大家都规矩点儿，不该说的不说，不该动的别动，玉皇大帝一高兴，来年降福就会多一些。

从腊月廿五，到除夕之间，北方地区都称之为"乱岁日"。《帝京岁时纪胜》记载：

乱来

2016 年 2 月 1 日修改

廿五日至除夕传为乱岁日。因灶神已上天，除夕方旋驾，诸凶煞俱不用事，夺于此五日内婚嫁，谓之百无禁忌。

"老虎不在家，猴子称大王"，玉皇大帝视察过后，大家可以好好闹腾几天。

那么，"赶乱岁"，就是要赶在这几天里，把该办的事情给办了。譬如说，婚嫁。"乱岁"的几天都是吉日，无所禁忌，"家贫不能成礼者多抢在此几日内嫁娶，谓之赶乱岁"。

我小时的记忆中，也是如此，很多农村青年都在快过年时嫁娶。寒风呼啸，萧瑟的田野中间，路上走着娶亲的队伍。那时没有"伴郎"一说，新郎一方的朋友，都是来干力气活的，因为要抬嫁妆。在喜庆的唢呐声中，大家排着队，前前后后地走成一列，乡邻们远远地看热闹，最重要的是数嫁妆：一架嫁妆，两架嫁妆，三架嫁妆，四架嫁妆……一床一床的棉被、一架脸盆脚盆子孙桶、一架凤凰牌自行车、一架西湖牌缝纫机……一共十八架嫁妆，那是富贵人家。平常人家，不过七八架、十来架而已。

不过后来，人赶在那个时节成婚，主要原因在于，平时哪有时间，都在城市里打工呢！你在此城，我在彼城，双方都见不上几面，靠的是媒人与写信。趁着过年回乡的几天，见个面，就把婚事办了。

——怎么能不潦草？

乡下人的日子，算是越过越潦草了。前后不过二十年，祖宗经几百年流传下来的那些年节习俗、嫁娶程序，纷纷地简化了，没有了。越来越简略，越来越实用，最后也就只剩了两件事：第一，送一个红包；第二，吃一顿饭。人就散了。主与客，都是兴味索然。

腊月二十五，还有一件重要的事：磨豆腐。

豆腐是过年必备的食物。虽平时乡下人也吃豆腐，但也是去买的为多，取个便利。自己磨豆腐是件繁琐事。过年了，豆腐需求量大，才自己家做。把浸泡过的黄豆，用石磨磨碎，再经过一系列复杂的手续，将豆腐做起来。

做好的豆腐候在清水里，可以在春节期间取用。也要做一些稍老的豆腐，在油里炸过，做成油豆腐。过年有鸡肉鸭肉猪肉，炖的东西很多，油花也多，可以多下一些油豆腐，因之可以吸油。所以油豆腐是必不可少的。

炸好的油豆腐，用线串起来，一挂一挂地吊在楼板下面，像串串风铃，飘荡着油香。楼板下面，挂满鸡、鸭、鱼、鲜肉、腊肉、香肠、粽子、鱼鲞、油豆腐，是个过年的样子了。

腊月二十五的夜，在我老家浙西，是"小年"。"小年"的说法，各地不同。查资料说，北方地区是腊月二十三，部分南方地区是腊月二十四，江浙沪地区把腊月二十四和除夕前夜都称为"小年"，南京地区则称正月十五的元宵节为"小年"。

过了腊月二十五，出远门的人都该回了。求学的，打工的，做生意的，纷纷候鸟一样回来。不回，父母就一天一个电话地催。想起来，那其实也是一种幸福。

杀年猪

2016 年 2 月 1 日修改

猪开始嚎叫。从猪叫的方位判断，我们就能知道村庄里哪户又开始杀猪了。

这是腊月廿六。村庄里的年味浓起来，该办的年货都要办了。屠夫开始异常忙碌，他的日程排得满满的。譬如，人还在这家忙活着，就吩咐下一家开始烧水，做杀猪前的预备工作。

是到了杀年猪的时候了。"二十六，炖大肉"，炖的通常是猪肉。在我们祖宗看来，所谓"家"，就是屋檐下有头猪。过去，乡村的日子并不宽裕，许多人家一年到头难得吃上几回肉。家里养的猪，也是为了卖掉，好贴补家用。即便是杀年猪，也鲜有整头猪自家留着吃肉的，而是自家留一小部分，其他的肉，就略低于市价，分给杀不起年猪的乡邻亲戚。后来大家的日子渐渐好了，才开始杀一头年猪。

杀猪是个欢乐事。一户杀猪，几家人都会来围观，青壮年男子则上来搭把手。猪养得肥，一头有二百多斤，劲道也大，没几个人根本抓不住。从抓猪开始，三四个男子合围，发力，终于把猪扳倒在地。然后四脚套绳，抬上案板。屠夫技艺娴熟，不一会儿就把猪放了血。好的屠夫，不会浪费一点材料：猪血、猪肉、猪下水、猪头、猪尾巴，一样一样，分门别类，庖丁解牛，

熟练得很。杀猪的，看热闹的，帮忙的，大家七嘴八舌，抽烟的抽烟，说笑的说笑，孩子们则满地乱跑，特别欢乐。

这头还在解猪，那头主妇已经拿着刚割的肉下锅了，炒上两碗猪肉大家分吃，孩子们都能尝到喷香的肉了。等到吃好出来，杀猪的人已经洗完手了，只见一刀刀雪白的猪肉已用棕叶串好，挂在竹竿上。一支烟没有抽完，他又跨上自行车，往下一家赶去。

杀了猪，除了炒肉，炖一锅红烧肉是必不可少的。一锅热气腾腾泛着肉香的红烧肉，是一个很好的预示：有肉吃，生活富裕呢；有红烧肉吃，生活红火呢。

二十年前，我们家杀年猪，留十来刀新鲜肉吃；再把十来刀肉，用酱油渍过，挂在竹竿上阴干，那是酱肉；还有两三刀肉，会用盐巴抹过，就是咸肉。酱肉和咸肉可以一直吃很久也不会坏。整个正月，当然是吃新鲜肉。到了春天，吃酱肉和咸肉，不管是炒还是蒸，都是喷香四溢。春天新笋出土，用笋块炖咸肉，鲜掉眉毛。把咸肉切成薄薄的小片，覆在萝卜丝干上面蒸，蒸出的油浸润着萝卜丝，那叫一个好吃。

腊月二十六，村庄上空飘满肉香的日子。

这些年，大家兴许每天能吃上肉了，杀整头年猪，一家人肯定吃不完了，于是有两家人、三家人拼一头年猪的。大概也是出于健康饮食的考虑，做酱肉和咸肉的也少了，都是新鲜肉的吃法。

——我却异常地想念酱肉与咸肉的香。

大吉
大利

2016 年 2 月 1 日修改

鸡是年夜大菜的首席。怎么可以连鸡都没有呢 —— 鸡就是"吉"，大吉大利，缺什么也不能缺了它。

杀鸡，要在单数之日，如廿七、廿九。杀好的鸡，不在当天吃，整鸡清理完毕，一直留到除夕才能吃。而且，过去的做法是，除夕夜也不能吃完，一直是吃一点，留一点，最好能吃大半个节日，天天见吉，皆大欢喜；正月里客人来拜年，桌上要有鸡，不然说不过去的。

从前，人家日子艰难，年夜饭和正月里少不了鸡，少不了鱼。于是，找匠人用木头雕了好看的木鸡及好看的木鱼，蒸起来端上桌。这样，年年有吉，也年年有余了。大人规定，看一眼鸡和鱼，就要吃一口饭。小孩不懂事，吃饭时不甘心只是吃腌菜豆腐，那鸡和鱼只能看，便用目光，直直地盯着那木鸡与木鱼不放。大人发现，用筷子来敲他的头：

光看菜，不吃饭，能不咸吗！

说到在腊月二十七杀鸡，与平时杀鸡不一样，很有讲究。譬如，只能用公鸡，因为要取漂亮的外观，以及雄赳赳的气派。另外，《江南风俗》记，"首先，杀鸡时鸡血要用碗盛起来，然后将鸡脖子上残余

的血涂抹在大门两边的门框上。其次，处理好的鸡不能开膛破腹，只能在鸡肚子后下方用剪刀开出一个小口，然后伸手把内脏拿出来洗干净用碗盛着。"

杀鸡时，大人都不让小孩看，"扭过头去，别看别看！"那时，我一边帮着大人使劲地抓住鸡翅膀，一边努力地扭过头来。等鸡杀好了，鸡血淋到准备好的盐水碗中，之后，大人把鸡脖子塞到翅膀下面，用石头或脸盆压着。厨房里的热水烧开了，把鸡放入滚烫的热水中来回滚几下，立即趁热拔毛。

公鸡的羽毛，成为孩子们的抢手货。大家从中挑出最长最艳丽的羽毛，做鸡毛毽子。

这一天，家家户户除了要宰鸡宰鸭，还要赶集、上城，集中采购一些年货。往年说是赶集、赶墟，现在连集与墟都没有了，都是进县城去买。超市里什么都有——鞭炮、春联、年画、香烛、烧纸，以及饮料、零食与果物。一捆一捆的甘蔗、一箱一箱的苹果。就连鸡与鸭，超市里都有宰好和清理好的，直接买回去就成。

然而春节，已经少了许多的仪式所带来的郑重感，变得随意和寻常——得来容易，也就不复珍惜。即便是宰一只两只鸡，那也是"年"的一部分。"二十三，送灶君。二十四，扫除尘。二十五，赶乱岁。二十六，炖大肉。二十七，宰公鸡……"一日一日的程序之后，"年"也就按部就班地款款到来了。

我至今还没有宰过鸡。

忽然想到，呆若木鸡，是不是指：木头做的鸡，肉是呆的，并不好吃。

门窗上的花花

2016年2月1日修改

几种谚语："二十八，把面发"，"二十八，贴花花"，似乎都是说的北方习俗。

南稻北麦，北方面食多，到了腊月二十八要准备面食。过去，还没有方便的发酵粉，普通的面，要提前几天做。但是做好又容易坏，只有发好的面不易坏，于是二十八这天就要发面，从正月初一吃到初五。

老北京人在年前都要蒸出够全家吃上一个星期左右的馒头，这叫隔年吃。

因为旧时习俗是，初一到初五期间，不能动火蒸馒头，也不能炒菜。蒸、炒、炸、烙，因为蒸与争谐音，炒与吵谐音，炸与炸（第四声）谐音，烙与落谐音，均属不吉利，所以，干脆就熄火了事。

"贴花花"，在我老家浙西，也并不是完全一致，春联、年画，一般都是除夕日才贴。但纸剪的窗花，则早几日可以贴。

过去村庄里的老妇人，多会剪双喜字、福字、花草动物，图案复杂，精巧玲珑，到了过年时节，就贴在墙壁、灶台、家具上面。婚嫁时，她们也会剪出富有寓意的图案，每一件嫁妆上面都贴一幅上去，很是好看、喜庆。

以前我上初中时，还有一堂劳技课，学过一学期的剪纸。

乡下的老婆婆，没有上过劳技课、剪纸课，但是她们剪出的东西，都那么好看。她们把剪出的东西贴在水缸上，贴在窗户上，也会缝进麦秆扇的扇面里。

只是这样的老婆婆一个一个地走掉了。村庄里已经没有会剪纸的人了。

我们家的年画，则一般都是由父亲去县城里购买的。

《东京梦华录》卷十里描述北宋开封的年节市场："近岁节，市井皆印卖门神、钟馗、桃板、桃符，及财门钝驴、回头鹿马、天行帖子。"那时候，年画就有批量生产售卖的了。

年画，贴上以后要看一年，大家都会挑喜欢的图案。目前能见到最早的一幅木版年画，是南宋刻印的《隋朝窈窕呈倾国之芳容》，画的是王昭君、赵飞燕、班姬、绿珠，习称《四美图》。清代中期，尤其盛行。民国时候，也十分流行美女图。

不过，在我们老家，大门小门上贴的年画，都是有着"日""月"二字的"关公"与"秦琼"。他们二人左右各立，手中拿着各自的兵器，威风凛凛，站在门板上守卫全家一整年。

有一首山西民歌《剪窗花》，歌词有意思，兹录于下：

银剪剪嚓嚓嚓，巧手手呀剪窗花，莫看女儿不大大，你说剪啥就剪啥。啊儿哟，祖祖辈辈多少年，开许多少愁疙瘩。不管风雪有多大，窗棂棂上照样开红花……

天上
人间

2016 年 2 月 1 日修改

年谣说："腊月二十九，上坟请祖上大供。"

春节是大节，上坟请祖仪式也就格外郑重。上坟请祖的时间，大多数地区，是在腊月二十九日的早晨进行。

汉代崔寔的《四民月令》记载：

> 正月之朔是谓正旦，躬率妻孥，洁祀祖祢。及祀日，进酒降神毕，乃室家尊卑，无大无小，以次列于先祖之前。子妇曾孙各上椒酒于家长，称觞举寿，欣欣如也。

可见在汉代的时候，祭祖已经是春节前后一件相当重要的事情了。

在绍兴地区，还要请年菩萨。不过，并不拘于二十八、二十九这两天，一般是腊月二十以后，哪个日子好，黄道吉日，都可以请菩萨。萧山旧属绍兴府，其风俗与绍兴基本一致，岁终的请年菩萨，也是如此。

在黎明请的，称"请俭勤菩萨"，在黄昏请的，称"请懒惰菩萨"。请菩萨用的桌子，要按照"横菩萨，直祖宗"的原则摆放。祀神的桌子，按着桌子上的木纹，横着摆放；如是祭祖，则竖着摆放。这时，家人端上煮好的福礼，一样一样按规定摆

放，桶盘旁要备有厨刀，以供神割食；蒸熟的鸡、鹅血各置一边，鱼是必要有的，取意年年有余；再用年糕，取意一年高于一年；粽子一串，香豆腐干一盘；盐一碟等。另还需备好香烛等。

这是请"年菩萨"。请完大菩萨，就接着请车头菩萨、财神菩萨这些小菩萨。

上坟、请祖与请菩萨、谢年这些程序过后，就是除夕了。

这一天没有更多可以说的事。远方的人，一个一个都已经回到了家。还没有到家的人，脸上现出异样的焦急。

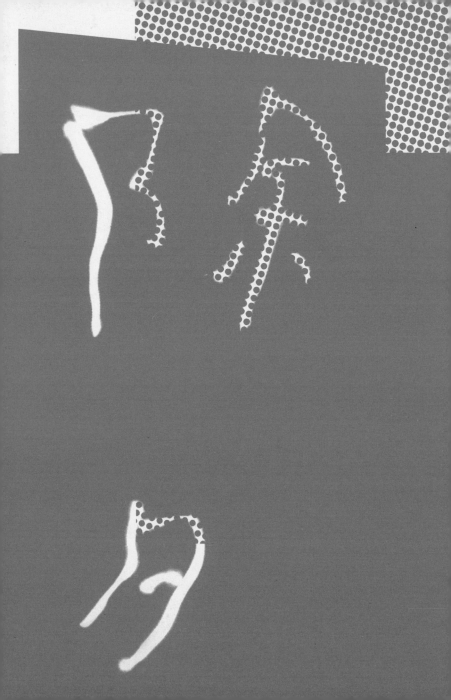

除夕

拾陆

杜位宅守岁

守岁阿戎家，椒盘已颂花。
盍簪喧枥马，列炬散林鸦。
四十明朝过，飞腾暮景斜。
谁能更拘束，烂醉是生涯。

——唐·杜甫

除夕，惟杭城居民家户架柴燔燎，火光烛天，挝鼓鸣金，放炮起火，谓之松盆。无论他处无敌，即杭之乡村，亦无此胜。斯时抱幽趣者，登吴山高旷，就南北望之，红光万道，炎焰火云。街巷分歧，光为界隔，聆耳声喧，震腾远近，触目星九，错落上下，此景是大奇观。幽立高空，俯眺嚣杂，觉我身在上界。

——《遵生八笺》

春联

2022 年 1 月 31 日

　　写什么呢？去年是"明月二分是福地，春风一路遍稻田"，今年不知道写什么了。除夕要贴春联，现在春联随便可以买到，但是印刷体的春联总是少了点意思，且通常都是硬翘翘金灿灿的纸，就不是那样喜欢。还是自己写吧。困扰的是自己的字并不怎样拿得出手。不过想到自己写的春联，心是诚恳的，情意是满满的，跟字的好坏可以抵平，也就不必困扰了。写什么依然是个问题。尽管春联的内容，从来都是祝福与希望，譬如万事如意，财源广进，四季平安，八方来朝，或者很简单地写一个"福"字，顺贴倒贴都行。

　　我记得还有一年，写的对联是"一朵花里看小禾，千顷稻中学老牛"，横批"种田能手"，觉得有意思，里面藏着彩蛋，也值得记录一下。去年除夕，我留在杭州，未能回老家过年。记不清缘由了。今年的确是因为疫情。临近春节了，疫情抬头，小区控制了人员进出，我们也连续四天做了核酸检测。为了避免给大家添麻烦，也就只好就地过年。

　　给王爷发了条微信，请他赐一句话。只一会儿，王爷发来"春随芳草千年绿，人与梅花一样清"。这意思是很文人很清雅的。郑板桥在《寒梅图》题诗："寒家

岁末无多事，插枝梅花便过年。"今年腊月底了，也因为临时的疫情的打扰，没有备下梅花，连水仙也没有备上一盆，似乎有点将就了。好在案上一盆菖蒲倒是长得不错。前几天，吃了一棵青菜，不知道是不是矮脚青——菜帮子吃了，菜根头顺手放在浅水盆里，结果也发出几枚绿叶来，到了今天，绿叶都有一指高了，绿意盈盈的样子，也甚是有一点清雅意。

临写对联时，发现墨用完了。什么时候用完的也不知道。临时八脚的，哪里去买墨呢？跑到小区门口的小超市一问，果然没有。这年头谁还自己写对联呀，老板疑惑地看我。又转了一家文具店，主人估计是早早回去过年了。忽然想到，可以问邻居借一下。就在小区业主群里问了一声——我们小区一幢楼近百户人家，一年也碰不上几面，几年也认不得几个。楼幢的群里，一会儿七楼的邻居回复，说家里就有墨汁，可以去取。过一会儿，电梯到了七楼，敲了邻居的门，借了墨回来，在砚台里倒了一些，又准备给人送回去。忽然想到，大过年的，也应该有所表示，于是顺手取了一本自己的书，在扉页上写了几个字，"邻居新春吉祥"。墨送回去，对联写好，看到邻居发微信来，说没想到楼里藏着一个作家。

年夜饭还是我来烧，菜单是：冷盘两个，皮蛋、生腌蟹；清蒸大闸蟹、红烧肉、红烧鱼；三个蒸的，蒸肉圆、蒸腊肉香肠、蒸咸肉豆腐；小炒两个，青椒小炒肉、韭黄炒香干；还有空气炸锅炸的春卷与鸡翅。四点十分动手做饭，到了四点五十分大功告成。这效率还可以。时间也还早。若是在我老家，这个点算是晚了，很晚了——下午两点多，就有人年夜饭开席了。开席前，二踢脚的炮仗要通通通放上一顿，告之全村：我家开饭了！别人家就坐不住了，立即也出去，通通通放上一顿炮仗，回来也开席。在我们那儿，这是流传数百年的文化经典，就是说，年夜饭一定要赶早。谁家赶了第一个，就抢得了来年头一把的好运气。好运气这种事，还是要努力争取的，于是，家家都赶早吃年夜饭。有的人家，中午一点吃年夜饭，到了六点七点就饿了——得吃第二顿，夜宵了。

过年的炮仗，就跟春联一样是很有气氛的时节风物，可惜现在城市里不能放。吃过年夜饭，小区里依然静悄悄的。下楼扔垃圾，看到人也都严严实实戴着口罩——似乎，现在过年的一切热闹，都在手机里。回来看见春联，红红地贴在门口，心中不由一喜。

在唐伯虎集子中翻到两首除夕的诗，一首是：

紫烟塞屋罐鸣汤，两岁平分此夜长。
爨影髐鬟灯在壁，壮图牢落酒浇肠。命临
磨蝎穷难送，饭有溪鱼老不妨。扫地明朝
拜新岁，吴趋且逐绮罗行。

插了梅花
便 过年
2022 年 12 月 25 日

其中一句"饭有溪鱼老不妨"真是动
人。那时的溪鱼常见，山中老叟扛一支钓
竿，在溪边坐上半天，应该能钓得不少。
现在溪鱼珍贵了。在杭城找一间开化菜馆
或衢州菜馆，点一道红烧溪鱼，往往所费
在百八十元。溪鱼的确是比大鱼鲜美，无
可争议。

唐寅另一首除夕诗：

柴米油盐酱醋茶，般般都在别人家。
岁暮清闲无一事，竹量寺里看梅花。

这又令人欢喜。想到半个月前，我曾
到黄岩访委羽山，与章云龙老师一起到大
有宫闲看喝茶。委羽山永明子道长须发飘
飘，仙风道骨，与我等一同饮茶谈天。大
有宫清静。后面有一间屋子，用作书画室
章容明老师在里面画梅花。

　　黄岩还有一口古井"梅花井"，为南宋淳祐年间黄岩南门郑氏所筑。八百年前，方山南麓一带的百姓喜植梅树，方山南麓至十里铺，古道两边梅花盛开，俗称十里梅林，无数名人雅士曾行经此古道。宋宣和年间，知县王然在此建造"梅花亭"，南宋的状元王十朋写有《梅花亭》一诗。此梅花井，是黄岩古名井之一，至今井水清冽，四时不涸。

　　委羽山的大有宫，也有两口宋代古井，一为丹井，一为瑞井。这两口井都古朴异常，苔藓爬满井壁，井栏石块斑驳，既沧桑又生机勃勃。大有宫初建于南梁，兴盛于南宋，几经风雨，灵秀如初。在大有宫取古井水煮茶观画梅花，亦大清静。

　　友人王祥夫小说写得好，梅花更是画得好。他说古人品花，梅为第一品。有一段时间，我见他天天都画一树梅花。有时一枝，有时两枝。天天画梅花，可见他独爱梅花。真梅花痴也。祥夫认为梅花应该小，瘦瘦小小，才见风致。他尝见有的画家画大幅红梅，千朵万朵拥挤在一起像是着了火，是不得梅花之真趣！他对梅花的看法，我自然是赞同的。我写过一篇文章，"陪花再坐一会儿"，祥夫则说他要"陪梅花再坐一会儿"，且只希望一株，最多两株，就那么静气地开着，他就那么静气地坐着。

　　陪梅花坐那么一会儿，坐着坐着，就到除夕了。过年时，从山上折一枝梅花回来，插在瓦罐里。汪曾祺文章里也写过，"山家除夕无他事，插了梅花便过年"。如果自己能画，画一枝梅花来过年当是最好不过。唐伯虎也喜欢画梅花的，他说："对酒不妨还弄墨，一枝清影写横斜。"画完梅花，唐伯虎的年夜饭里一定有一碗溪鱼的。有溪鱼，有梅花，一年一年过去又有何妨。

有故乡的人是幸福的。因为可以回老家过年。我想象不出，如果不回老家，那么我们将会怎么样过年。

父母在，不远游，这样的俗语在今天显然已经不合时宜了；什么是远、什么是近，也与一千年前乃至一百年前有了全然不同的含义。但无疑的，故乡依然是那个故乡，年，也依然是那个与从前一样喜庆的、热闹的、欢乐的——年。

所有的年，都在故乡

2017年1月21日

在我的记忆里，从腊八开始，故乡所有的日子似乎都是为了迎接除夕而准备的。一个接一个的日子，主题都是过年：二十三，送灶君。二十四，掸尘灰。二十五，赶乱岁。二十六，炖大肉。二十七，宰公鸡。二十八，贴花花。二十九，上请供。大年三十夜守岁。哪一天大扫除，哪一天杀年猪，哪一天杀鸭杀鸡、做糕点、炸油豆腐，想想简直是头绪纷繁。然而乡下的人们一点儿不慌张，他们有条不紊、胸有成竹。也正是有了这些，才算是过年。过年有着完整且周全的程序，有着重要的仪式感，它是中国人关于时间的哲学。甚至可以说，那些程序和仪式感，才是"年"本身，如果剥离那些东西，那么也就只剩下吃喝了。而吃喝，在今日平时，又与过年有什么特别的差异？

我就从大年三十的上午开始说起吧。就像一幕大戏的高潮，所有最重要的仪式都会在这一天里有序地展开。从清晨开始，远远近近的鞭炮声，会在村庄上空零星地响起。到了除夕，能回家的都早早回家了。

这一天，最忙碌的一定是母亲。一大早，她已经在灶下（厨房）忙碌了。在我的老家，浙西常山县，跟别的地方一样，年夜饭一定是这一天最重要的事，从一大早就开始准备。鸡鸭鱼肉都要有，山珍海味也得上，一个家庭尽其所能，拿出最好的东西，统统在年夜饭桌上展示出来。我们的灶下，有一个传统的土灶，烧着柴禾，锅里一定蒸着煮着什么，白茫茫的蒸汽氤氲，灶膛中干燥的劈柴燃烧，散发着温暖的火光；有一台煤气灶，灶上一定也蒸着煮着什么；地上呢，铺一堆炭火，上边坐着陶钵，咕嘟咕嘟地往外冒香气。母亲腰里系着围裙，转来转去；父亲坐在土灶前烧火，不时被母亲召来召去，拿这样那样的东西。我们兄妹三人，从前屋转到后屋，又从后屋转到灶间，四处游荡，显出无所事事的样子，老大不小的人，手里还拿着孩子玩的鞭炮乱蹿。

"谢年"是一定要的，然而到底是上午还是下午，我记不准了。父亲把方桌搬到屋前平地里（也可能是中堂吧），摆上大盆的猪头、整只的鸡鸭，倒上酒，把供案摆得满满当当。又要燃烛，焚香，烟气袅袅，气氛神秘而肃穆。放几响炮仗，执香拜祀神祇。关于炮仗，是有讲究的，须是大炮仗，提前放在灶台上烘了两夜；点着后，一冲上天，作两声巨响，干脆有力，这是很让人满意的。同村也有大男人，不敢放炮仗，每次都买千响的鞭炮，哔哔啪啪一阵乱响，这让村里的其他男人很是不屑：放不出炮仗的豪迈气度来。

父亲执香，在屋前、堂前、灶前一一恭拜。父亲平时风趣有加，做着这些时，神情却很是严肃，正对香案或灶台，双手夹香合十，口中念念有词：家堂佛爷、招财爷、山皇土地，保佑来年人口平安，五谷丰登，六畜兴旺……然而是不是这些话，我都不曾好好请教过，因自小对此仪式有颇多敬畏，只是远远地看，甚或有时还借故避开。那一年小妹七八岁，见父亲如此，甚感兴趣，不知怎地就走过去，立于父亲右侧，学他的样子鞠躬祝拜，令父亲和我们忍俊不禁。父亲拜了中堂，小妹也拜了中堂；父亲拜了灶王爷，小妹也拜灶王爷。这小孩儿，登时让我们家最为严肃的程式变为平易的礼仪了，此后每年，每当父亲谢年，小妹就会蹦蹦跳跳地跑去，依葫芦画瓢，我们和母亲在旁边看得嘻嘻哈哈，笑作一团。

又要贴春联，贴门神。旧时有说，贴了门神，讨债的人如要上门，远远看见门神了，也就不来了。父亲搬木梯，我们端碗、捧春联，前呼后拥。老家瓦房，门大而高。父亲把梯子架好，我和弟弟一人扶梯子一边，脚抵着梯脚，把满满大碗小米粥汤递给父亲。用粥汤贴门神，不知是风俗还是习惯；也曾有一年我们用糨糊贴的，效果不如粥汤好。刷子蘸着稠稠的粥汤糊上门楣，小妹踮着脚尖把春联和画着关公、秦琼的门神展开、递上。我们一边读，一边争论是上联还是下联，贴左边还是右边。这雕虫小技，竟算得是读了一点书的好处。

下午三四点，就有越来越多的炮仗声划破乡村的天空，炮仗是吃年夜饭的信号弹。第一阵炮仗大约在三点多就会响起，我们总要跑出去看，是哪一家在放。太早了太早了，我们说，还是晌午呢，哪像是过年！父亲也便对团团转的母亲说，慢些来慢些来，四点多开席不晚。

饭菜终于都准备妥当了。我们鱼一般穿梭，把一道道菜端上桌，父亲在桌上摆好了碗筷，八仙桌，八副碗筷，每个碗里都浅浅地倒上了酒，这是敬奉先祖们的。然后父亲拿着炮仗到屋前去了。我们和母亲从灶间出来，母亲解下围裙，我们走到门外互相拍打身上的衣服，装模作样地掸灰。我不知故乡人家是不是都是如此，或许这也是我们家独创的吧——边掸边说：过年了，把一年的霉气全都掸掉，明年一定运气又红又旺。炮仗响了，它蹿过门前的树梢，冲上云霄，啪啪两声巨响，红纸屑一片一片飘落下来；又一支炮仗上天了，接着又是一支，纷纷飘落的无数红纸屑是多么激动人心。

在四起的炮仗声中，我们在桌前坐下来，准备享受美食。这是一个欢乐祥和的中国年——炖的煮的蒸的炒的，大罐小盆大碟小碗。桌上一样一样的盛器里，摆满了丰盛的食物。于是，这不再是日常的一顿饭了，这是一个家庭每个成员精神世界的一次盛宴，这是走远的祖先与当下的我们同席共飨的一次聚首，这是形式与内容完美契合的一场精神的欢娱。

吃饭，连带着守岁——所以守岁其实是从年夜饭就开始了。这顿年夜饭要慢慢地吃，从尚未掌灯时入席，吃到天黑，最好一直吃到深夜。大家一边喝酒，一边聊天，一边看春晚。在我童年时候，没有手机，没有抢红包，大家一心一意地喝酒吃饭，一心一意地聊天谈笑，一心一意地看春晚。专心致志，其乐融融。

吃过年夜饭，就换上新衣，长辈给晚辈包压岁钱。压岁钱都用红纸包着，分给孩子。不管怎么样，有压岁钱可拿，对于孩子们来说，是一件极为开心的事情。老杭州人高诵芬说：

岁盆里的糖果过了初十、十五就渐渐吃完，而父母给的压岁钱却是不用的。这大约是以前有教养的旧式家庭教育孩子要勤俭节约的方法之一。过了初五，小孩把红包交给母亲，存入每个小孩自立的存折内。这个折子是孩子出生时就立的，存入的是长辈给的见面钱，以及每年除夕、正月家中长辈、亲友给的压岁钱等等。孩子长到十岁，长辈就不再给压岁钱了。

我的童年也是如此，压岁钱从来是不乱用的，多或是少，都用来交新学期的学费。后来我们长大了，参加工作以后，每个除夕的晚上，父亲才不再给我们包红包，反而是我包了大红包，给父母一人一个，敬奉上一片心意。

这一夜，灯火亮通宵，每一个房间都要亮着一盏灯。到了凌晨，四处鞭炮齐鸣，礼花奏响，耀眼的灯火在深邃的夜空绽放，照亮整个山村。这一波热闹过后，人们心满意足，沉入梦乡。

小时候过年，图的是一场热闹。现在觉得，年其实过的就是一个仪式感。你要简简单单地过，也行。然而太简单和太容易的东西，总是轻率。大年三十如果去饭店里吃年夜饭，点一堆菜，那也太容易了，显得单薄。我们早早地准备，早早地开始布置和实施，把年过得热热闹闹的。其实是，我们是要在那短暂的、稍纵即逝的光阴里，把时间过出质感来。

一年到头，我们忙忙碌碌，光阴如流水匆匆而过。时间的度过方式有两种，一种是逝者如斯夫不舍昼夜，另一种是把时间变得缓慢，连这一分钟与下一分钟之间的质感、颗粒感，都得以呈现和体验，有了这些，时间本身也就被拉长了。它使得我们，在有限的时间里，以一种仪式感，体会到了真挚与爱，体会到生活的本真的意义。

所有的年，都在故乡。所以，我想我以后也一样会回到故乡，把年完整地、缓慢地、专心致志地过下去。

这无疑是一年到头最重要的一顿饭了。《常山县志》记："除夕，换门神，贴春联，备牲礼，放花爆，祀神祇，曰谢岁。设肴簌饮酒，曰饯岁。尊长选大钱分赐卑幼，曰压岁。一家团坐达旦，曰守岁。门户以甘蔗撑门，谓之节节高焉。"

过年的习俗，我乡与别处大抵相似，唯有一些吃的方面，本地的风格较为明显——依然是一个辣字。

一桌年夜饭，不辣都不开席。不辣还是常山菜吗？不吃辣还是常山人吗？沿海甬台温的生鲜，萧绍平原的清淡，杭嘉湖的温文，相比之下，三衢大地的饮食，唯有用"热烈"二字形容。常山尤有山乡特色，红的红，绿的绿，煮的煮，炖的炖，厚钵载物，大碗盛肉，这是一个山乡人家的中国年。

山乡有什么——竹林的笋、山上的菌菇、枝头的果实与园子里的菜，还有那溪里的鱼、满山飞奔的鸡鸭、自家养的猪。山人也要吃鱼，尤其是年夜饭，更作兴"年年有余"，桌上必有一道鱼。最好是鲤鱼。鲤鱼可以跳龙门。山里有溪，小鱼不稀罕，大鱼才难得。越少越珍贵，鱼就成了年夜饭的重头戏。以前地主家才有大鱼可吃，吃完大鱼，顺手把鱼尾巴贴在板壁上，如同奖状。

隆重的一餐

2016 年 1 月 18 日

至于鸡鸭，那是年夜饭及春节餐桌标配，必不可少。鸡是满山跑的，鸭是溪里吃螺蛳长大的。各炖一炉。油腻腻的大猪蹄，炖一炉。油汪汪的红烧肉，再炖一炉。油豆腐、咸肉笋，再炖一炉。灶下，炖了这样一钵一钵的食物，炭火噼啪，浓香四溢，就像个过年的样子了。

此外就是小炒。萝卜丝炒麂子肉，肉切得细碎，萝卜丝旺火一炒，哗哗哗三大勺干辣椒，下锅，一大把鲜辣椒，下锅，直看得人心惊胆战。麂子肉后来吃不到了，就换成牛肉来炒。常山人的做法，牛肉多是用萝卜丝炒，这样的一碗菜端上桌，管它屋外朔风劲吹、冰凌二尺，只要一箸入口，立马浑身冒汗。

再譬如，腊肉炒冬笋、肉片炒蘑菇，辣椒都是重要配角。肉，自然是丰富的，自家杀了年猪，各种肉条挂满檐下，比如腊肉做几条，酱肉做几条，咸肉做几条，腌肉做几条，制法不同，风味也不同。还有猪大肠、猪头、猪耳朵、猪尾巴，凡此种种，变着花样炒出来，整个正月都有不少下酒菜。

过年的时候，炖的鸡啊鸭啊猪蹄之类，老实说，并不十分受欢迎。于是一炖再炖，直到肉质变柴，直到硬硬邦邦。然而每有客人来，依然要隆重地整罐端出来，同时热情地请客人享用。客人只好委婉推辞。我小时候去外婆家拜年，外婆一定会把其中的大鸡腿夹出来，放进我的饭碗，为了避免我再夹回去，还要用鸡腿在饭碗中搅两下。看着沾满了饭粒的已炖过很多次的大鸡腿，我百般无奈，一边纠结，一边勉力吃完。

至于虾或蟹，从前自然是没有的。山乡远海，我记得小时候吃过的海鲜，只有海带、带鱼这两样。海带是卷成一团，沾满了盐粒的干货，带鱼也是咸得非同寻常的咸货，这样远距离运输才不会变质。小时候偶尔能吃到淡菜干。淡菜干煮芋艿是乡村酒席上一道常见的菜，大锅煮出来，真的是咸香飘荡，十分诱人。淡菜干，也是海里来的干货，那时便觉得，天下美食，非淡菜干莫属。大闸蟹或是虾，是很多年以后，才出现在我家的年夜饭宴席上。大约是 20 世纪 90 年代中后期，父亲单位发的年货里，有鱼虾蟹和墨鱼之类的。又过了几年，各种各样的海鲜，都能在市场上买到了。

然而终归，海鲜也要根据乡人的口味进行改良化的烹饪。蟹呢，时兴用年糕切片，放辣椒炒出来。虾呢，红烧，放葱姜蒜，再放辣椒。墨鱼这种东西，当然也要重油重盐，切成丝，爆炒，一大把辣椒，红红火火。

过年时，还有最传统的一道菜，八宝菜——干萝卜丝、芹菜、千张、笋、冬菜，还有别的，七七八八，一道炒起来，特别爽口解腻，也尤其适合清晨用来过粥。这道菜，在常山有多受欢迎？通常一炒就是一大罐子，约莫有七八斤吧，往往没两三天就吃完了。就这么一道最为普通的小菜——美食几乎都称不上，却几乎是家家户户春节期间必备良品。

年夜饭的宴席，炉呀罐啊，大碗小碟，总是摆得满满当当。其中最有特色的是母亲做的素鸡。肉末、芋艿、豆腐之类的馅料，包在鸡蛋皮里，做成长条状，放在蒸笼里隔水蒸，刚蒸出来的时候热乎乎的，那叫一个香。不待上桌，母亲就会切下一块来，让我们每个人手上拿一块吃。这个素鸡，据我调查考证，发现并不是常山各处都有，只是在白石钳口这个片区才有。母亲的手艺，每每让我们大饱口福。如果要说年味，这一道素鸡，可谓是我们家年味的代表之作。

除夕夜

2016年2月1日修改

"年"到了。但是"年"又要被我们赶走。

在传说里，"年"是一种怪兽。我们过年，就是要敲锣打鼓放鞭炮，把怪兽赶跑。但是，我在图书馆里查资料时读到一本书，红苇的《年的三副面孔》（社会科学文献出版社2010年1月出版），作者认为，年不是凶神恶煞似的怪兽，它应该是一个不折不扣的吉祥物。

作者说，中国传统的吉祥形象龙与凤，其形象也含有"凶神恶煞"的一面，孔子就认为龙是水中"怪物"，而沈从文说到，凤的形象在初形成时，也有其狰狞的一面。但这些都不影响龙凤成为传统文化中具有代表性的吉祥形象。所以，"年"不应该只是可怕的怪兽，它更应该是一种吉祥物。

"年"字的本义，是禾谷丰收。《说文》："年，谷熟也。"

不管怎样，大年就这样到来。除夕这一天会很忙：准备年夜饭，贴春联，吃饭，守岁，包压岁钱，放烟花爆竹，热闹极了。

在浙西常山县，跟别的地方一样，年夜饭是这一天最重要的事，从一大早就开始准备。鸡鸭鱼肉都要有，山珍海味也得上，一个家庭尽其所能，拿出最好的东西，统统在年夜饭桌上展示出来。

白天，春联、福字都已经贴好了，里

里外外喜气洋洋。春联以往是父亲自己在红纸上写的，后来改成买来的了，金光闪闪的大字。"福"字正贴也行，倒贴也行。门神，则把一扇扇门装点一新，气派且威武。

在吃年夜饭前，是要放爆竹的。

爆竹声中一岁除，春风送暖入屠苏。千门万户曈曈日，总把新桃换旧符。

爆竹，给节日增添了最为热烈的气氛。噼噼啪啪的爆竹声，除旧迎新，带来欢乐。爆竹，炮仗，鞭炮——雷神的遗产，喜庆的娱乐。爆竹的声音，从腊月二十起就零星响起，到了除夕这一天达到高潮，尤其是在守岁到零时，旧年与新年交接的时刻，万千爆竹一同鸣放，颇为壮观。

除夕守岁，也是这一天很重要的年俗活动，且由来已久。最早记载见于西晋周处的《风土记》。除夕之夜，各相与馈问，称为"馈岁"；酒食相邀，称为"别岁"；大家终夜不眠，以待天明，称为"守岁"。

一夜连双岁，五更分二年。守岁其实从年夜饭就开始了。这顿年夜饭要慢慢地吃，从尚未掌灯时入席，吃到天黑，有的人家一直要吃到深夜，大家一边喝酒，一边聊天。饭毕，人们点起蜡烛或油灯，吃着零食，灯火彻夜不熄，通宵守夜，象征着把一切邪瘟病疫等等不好的东西全部驱走，所有吉祥如意的祝愿都赋予新年。

这种习俗，后来逐渐盛行，到唐朝初期，唐太宗李世民亲自写过一首《守岁》诗，"寒辞去冬雪，暖带入春风"。直到今天，人们还习惯在除夕之夜守岁迎新。守岁时，一家人围聚一处,一边看春节联欢晚会,吃瓜果零食,一边烧着火盆取暖。

刘侗、于奕正著《帝京景物略》中说:"三十日……夜以松柏枝杂柴燎院中,曰烧松盆。"江南地区,流行除夕夜烧火盆的习俗。大年三十前夕,每家每户都要到山上砍一根小松树回来,去掉小松树的顶部,留下四个树杈,将根部削尖后,竖在天井,没有天井的人家可以竖在大门口。天暗时,在四根树杈上放一片土瓦,瓦片上叠一些松明,引火点燃。这样烧火盆,一直烧到深夜,甚至有时到天亮。

明人高濂所著《遵生八笺》,记录了除夕晚上,他登吴山望杭州的景象:"红光万道,炎焰火云。街巷分歧,光为界隔,聒声耳喧,震腾远近,触目星丸,错落上下,此景是大奇观。"

南宋的范成大则在《腊月村田乐府·烧火盆行》一诗中,认为守夜时烧火盆是为了迎阳气、驱寒气。

吃过年夜饭,就换上新衣,长辈给晚辈包压岁钱。压岁钱都用红纸包着,分给孩子。《燕京岁时记》有记载,压岁钱以彩绳穿线编作龙形,置于床脚。那是因为古时使用铜钱,这是很适宜的做法了。不管怎么样,有压岁钱可拿,对于孩子们来说,是一件极为开心的事情。清代吴存楷在《江乡节物诗》中说:"百十钱穿彩线长,分来枕角自收藏。商量爆竹饧箫价,添得娇儿一夜忙。"写尽了孩子们拿到压岁钱后,那份雀跃的心情。

这就是除夕——农历腊月的最后一天,也是一年之中最后一天。除夕之夜,即是一年的结束,亦是一年的全新开始。

正月

上元

正
月

上
元

拾捌

上元

上元节，又称元宵节、小正月、元夕或灯节；时间为每年农历正月十五。正月是农历的元月，古人称「夜」为「宵」，正月十五是一年中第一个月圆之夜，所以称正月十五为「元宵节」。

拾柒

正月

中国农历的第一个月，即农历一月。正月有很多趣味习俗，如拜年、耍社火，猜灯谜、闹元宵等。

中国人的时间哲学

仪式
岁时礼俗之美

正月

正月六日雪霁

雪消山水见精神，满眼东风送早春。
明日杏园应烂漫，便须期约看花人。

——宋·曾巩

是故阳气以正月始出于地，生育养长于上。

——《春秋繁露》

拾柒

正月
初一

2016 年 2 月 1 日修改

虽然很多人一早就在手机上抢拜年红包，但正月初一，还是暂时抛下手机好一些。好玩的事很多，生活很美好，跟身边的人多聊聊天，感受一下琐碎而实在的时光，才是"春节"这一个节日的应有之义吧。

正月初一，一年伊始，更值得做一点有意义的事吧 —— 多少美好的祝愿，都被我们的前人赋予这一天。

春节早晨，开门大吉，先放爆竹，叫做"开门炮仗"。早先，大家都是清晨醒来去放爆竹的，据说开门炮仗越早，一年运气也会越好。于是大家的开门炮仗也放得越来越早了。现在呢，几乎就抢到了零点钟声响起的同一时刻 —— 那是最早的呢。

但是开门炮仗放过以后，就不宜再闭户了。

父亲一般会在清晨起床后去放开门炮仗。那时候，我们都还在睡梦中呢。

等到我们慢慢腾腾地起床，父亲已经在灶下忙碌了。正月初一，照例是由男人下厨的，这一天三顿都如此。

正月初一头一顿，年年都是老花样：一碗长寿面，一盆煮年糕。年糕是自家舂的，初一必吃，寓意"年年高"；一碗长寿面，寓意"天长地久"。老家常山的长寿面，俗名"索面"，也称贡面，素来有名，据

说历史上是进贡给朝廷的。正月初一早晨，索面是最为隆重的出场。

大年初一，一定要说吉利话。包括小孩子也是如此。老杭州人高诵芬回忆，"大年初一，早晨一睁开眼，不等我开口说话，保姆（即专门照看孩子的女仆）就会将冷冰冰的橘子和干荔子塞进我的嘴中。这是因为'橘'和'荔'两个字是'吉利'两字的近音字……于是开年第一件事就是吃'橘荔'，正象征着整年都会大吉大利。"

母亲说，以前，如若孩子不小心说了"死"啊"活"啊之类不吉利的话，就会拿一张草纸往孩子嘴上一揩，以示嘴巴跟屁股一样，揩完就没事了。

关于这一习俗，丰子恺也在《过年》中写过"毛糙纸揩洼"的趣事。"洼"，就是屁股。

一个人拿一张糙纸，把另一人的嘴揩一揩。意思是说：你这嘴巴是屁股，你过去一年中所说的不祥的话，例如"要死"之类，都等于放屁。但是人都不愿被揩，尽量逃避。然而揩的人很调皮，出其不意，突如其来，哪怕你极小心的人，也总会被揩。有时其人出前门去了，大家就不提防他。岂知他绕个圈子，悄悄地从后门进来，终于被揩去了。此时笑声、喊声使过年的欢乐气氛更加浓重了。

然后是拜年。正月初一，只在自家向长辈拜年，不出门；初二才开始出行，拜姻亲、邻里。记得小时，和祖辈拜年，是要跪下拜的，拜完之后可领得压岁钱。现在已经没有那么多规矩了。

　　高诵芬是老杭州人，也是旧时大家闺秀，她回忆说："大年初一早上打扮好了以后，就先向父母说'恭喜'，再去拜灶司菩萨、大厅内'天地君亲师'的牌位和祖宗堂。然后向父母、长辈叩头，叫'拜年'。佣人们也要向主人道'恭喜'，向阿官道'恭喜'。'阿官'者，乃佣人对小主人之尊称也。"这就是更完备的旧时传统了。现在，许多的传统已经丢失，从拜年一事上即可略窥一斑。

　　正月初一，还有一些规矩，譬如：不能说脏话。不能往门外倒洗脸水，地面也不能清扫。不能用剪刀。不能打水洗衣。不能哭。

　　正月初一，亦作"鸡日"。古书《五杂俎·天部二》："岁后八日：一鸡，二猪，三羊，四狗，五牛，六马，七人，八谷。此虽出东方朔《占书》，然亦俗说，晋以前不甚言也。"传说这是因为女娲创造万物生灵，先造六畜，后造人，因此初一到初六是六畜之日。六畜之日，虽然算不上是多大的节日，但旧时农家，还是很重视六畜的，所以正月初的六日，每到一天，即按顺序向鸡笼、猪圈、羊栏、牛棚贴红纸条，这在老辈人手上，还是作兴的。

　　孩子们呢，即是吃吃喝喝，放放鞭炮而已了。一个个都穿着漂亮的新衣服，都是蹦蹦跳跳、开开心心的。

　　在台湾，人们习惯于在正月初一这天去"紫南宫"拜拜。台湾朋友陈心怡，在她的一篇文章中说——

　　年初一，依照多年来的惯例，我开车载着一家老小，从台北前往老妈的家乡：南投。不是回娘家、探亲，是要去全台湾最著名的土地庙"紫南宫"拜拜。一般土地公都有"辖区"范围，但是紫南宫的土地爷爷可不只是个"管区警员"。身边远从东台湾宜兰、台东或者南台湾的高雄、屏东来给土地爷爷上香的朋友，不在少数。

　　原来，紫南宫的"发财金"相当有名，如果你想求财，可以来跟土地爷爷"借"，赚多就还多，没赚，还本金也行。所以正月初一这天，从早上七点直到晚上七八点，连续十二小时，土地庙会挤得水泄不通，交通一直会堵到几公里以外。

索面帖

2016 年 2 月 1 日修改

正月初一，一碗面。这碗面是索面。我写过一篇文章《一碗乡愁的面》，当年刊发在《杭州日报》的新闻版面上。报社记者们回老家过年，不能闲着，须带稿子回来，这几乎已成惯例。栏目名字是"新春记者基层行"，"本报记者周华诚发自衢州市常山县"，兹录于下——

正月的第一天，是被鞭炮声催醒的。乡村的夜晚从来没有这么喧闹过，鞭炮声从零点集中爆发之后一直稀稀落落地持续，到了清晨五六点钟，村庄中全面响起的爆竹声已经把每一个人从睡梦中叫醒。

正月初一的开门爆竹，是要赶早的。一年之计在于春，一日之计在于晨。新年的第一个早晨，早早开门预示着一个美好的开始。

厨房里传来碗锅叮当声，乡下老屋梁高，鱼鳞瓦片下，整个厨房氤氲了一片白色的雾气。雾气中，一年到头从不下厨房的父亲，腰上别着围裙，正笨手笨脚又满脸喜气地忙着往沸水锅中下面条。

我的老家在浙西的常山县乡下。正月初一这一天，都是男人下厨。母亲在厨房一年忙到头，正月初一这一天落得个轻松，当起甩手掌柜，充任"艺术总监"的工作。这一天，母亲同样不缝缝补补，不洒扫庭院，不下溪浣衣，不下厨烧煮。就连早上这一碗长寿面，也是由父亲来煮的。

正月初一头一顿，年年都是老花样：一碗长寿面，一盆煮年糕。年糕是自家舂的，初一必吃，寓意"年年高"，似乎各地大同小异；一碗长寿面，却与别处不同，颇有些说头。

老家常山的长寿面，俗名"索面"，也称贡面，素来有名，据说历史上是进贡给朝廷的——但凡地方特产，都有一些真假难辨的传说——说是宋朝太祖皇帝赵匡胤，就极喜食此面，"贡面"因此而名。这种面，纯手工制作，工艺复杂而讲究，一般人很难掌握这项技艺。一大坨面团，经过揉粉、开条、打条、上筷、上架、拉面、晾面、盘面等十多道工序，十八九个小时方成。最后捆成丫环的"8"字形发辫一般，丝丝纤细。

上梁、乔迁、生日等大小喜事，老家人都要煮索面吃。正月初一早晨，索面也是最为隆重的出场。正月里头拜年，客人刚进门，头一件事也是请他吃一碗索面，那碗热辣辣油汪汪的索面，是最热情而质朴的待客之道。

我们来到厨房，父亲把早已准备好的面条下锅——此时，一锅水已然煮沸多时了。父亲和母亲就在柴火灶前坐着，说着闲话，等着我们起床。灶台上已经摆好了一排大碗，这是面条的汤料——这汤料里有猪油、生抽、生姜末、红辣椒、葱段，红的红，绿的绿，白的白，黄的黄，令人赏心悦目。面条下锅前，舀取一勺沸水，把碗中的汤料泡开。此时，绿的葱段、黄的生姜和绿的辣椒，浮在油花上面，十分引人食欲。

索面在沸水中，最多煮半分钟即可，长长筷子捞起分到几碗中。小时候，妹妹要挑最小碗的，弟弟要挑最大碗的。妹妹是胃口小，弟弟是爱吃索面。而今，我们兄妹都已成家，各自带着另一半和孩子回来，有的吃辣，有的不吃辣，有的要大碗，有的要小碗，众声嘈杂，煮面的同时更多了几分欢乐和喧闹。

面已煮熟，我们各自端了一碗，鱼贯而出，到厅堂吃面去。这只是一碗普通的索面，却实在不是一碗普通的索面。在春节这个中国人最隆重的节日里，除夕年夜饭是一个笔墨饱满的句号，而我们老家正月初一早晨的这碗面，可视作一个揭示开始的逗号。等到春节长假结束，我们离开家乡各自奔赴不同的远方，在之后一年的漫长时光里，我们都会无比怀念那一碗面，那一碗正月初一早上的、无比简单却无比温暖的、煮进了无尽乡愁的索面。

当下的中国，处于一个人员大幅度迁徙的年代。东部与西部，城市与乡村，无数人围绕着"故乡"这个原点，以"春节"为周期，持续着射线状的出发与回归的流动。而在这样的流动里，始终牵系着我们的情感，让我们不致漂泊无依的，是一棵生于故乡土地的大树，是所有那些普通而琐碎的节日习俗。

所以，往大了说，我家正月初一这碗面，便是故乡的一部分，便是美丽中国的一部分。

初二开始，出门拜年。

这一天，嫁出去的女儿，都会纷纷带着夫君儿女回娘家。泥泞的乡村小道上，到处都是骑自行车或步行的人，车把或手上晃荡着几个草纸包。这是我记忆里故乡拜年的场景。那时乡下没有水泥路，一下雨，路上都是泥坑水洼。拜年碰上个大晴天，那是多幸运的事。

一般来说，不能在初一回娘家，因为有一种迷信的说法是"会把娘家吃穷"。

拜年，客到，主人家说："拜年客来了！"转身马上泡茶，端出果子给客人，然后进厨房忙碌一阵，端上点心。点心，在常山的乡村里，最常见的是索面。一碗油汪汪热辣辣的索面，面下压着荷包蛋。这碗面下肚，热汗从额上冒出来，人也就立即不冷了。

拜年客带来的草纸包，里面是桂圆、荔枝、金橘、饼干什么的，打包成四边形宝塔状，上头还压着红纸。草纸包里的食物与糕点，并不能马上拆开来给孩子们吃，而是要留着，出去拜年的时候，又送出去。孩子们或许曾偷偷地扒开草纸包一角，看见里面的桂圆、荔枝或糕点，顽皮点儿的孩子也或许偷偷地抠出几颗来吃，但终究不能吃得尽兴，眼睁睁地看着那些糕点来

拜年 帖

2016 年 2 月 1 日修改

了又去，渴望而不得。

现在，故乡拜年，再没有用草纸包了，那东西显得过时又寒酸。很多人是拎着一桶花生油或滋补品礼盒之类的，都是超市里买的。乡村路也不再泥泞，都是水泥路。一辆自行车，前杠上坐个小的，后架上坐着女人，骑车的是那汉子，这场景也见不到了，都是开着小车来来往往呢。

出嫁的女儿带着丈夫儿女回娘家拜年，在古语里叫做"归宁"。在浙西常山，新婚的小夫妻第一次春节回娘家，叫做"新客"。对于女儿来说，原本一直是自己家，是主人，这会儿再来，已然是客了。而女婿，俨然已是最尊贵的客人。吃饭的时候，女婿要坐在上横头，由岳父母家的长辈作陪，好酒好菜，都让他享用。作陪的人，有一件重要的职责，就是要劝客，把这新女婿喝到醉为止，喝到吐为止。女婿喝醉了，喝吐了，家里的猪就能长得又快又肥。

拜年这件事，对于孩子来说很开心，因又要去作客了。我小时与弟弟一起去外婆家拜年，每个舅舅一家一家地轮流拜年。拜年也简单，就是把草纸包和香烟递上，并到他们家吃一顿饭，要走的时候，再半推半就地收一个压岁包。压岁包的钱也并不多，我记得大概是两块钱吧。所有的压岁钱都要积攒下来，上学的时候要用来交学费呢。

另外一个关于拜年的记忆是，每年到外婆和舅舅家拜年，是一定要吃鸡腿的。新炖的鸡腿当然并不难吃，可是这鸡腿是除夕夜就炖起来，一直放着，直到我们拜年时才吃掉，那就变得又干又硬，还塞牙缝。更困难的是，几乎每一顿都一定会有一个鸡腿夹到碗里来，坚拒都不行，虽然年纪很小的我知道这几乎是一种"待遇"，但每每想到，仍然会觉得十分犯难。

拜年的时间，一般不得过初十，过了初十，就有些慢待的意思。不过，从前的亲戚多，人情重，一直到元宵节前都有走动，也是常事。哪像现在，大家为生计奔波，过了初四初五就出门上班了，哪有空闲讲究那么些繁文缛节。

初三琐记

2016年2月1日修改

初三有什么特别的习俗吗？不太清楚了。问父母，也说不清。于是只好查资料，各种说法都有，我且一一说来。

一是烧门神纸。

旧时初三日夜，把年节时的松柏枝及节期所挂门神门笺等一并焚化，以示年已过完，又要开始营生。

这与浙西老家并不相同。旧年门神春神，在除夕日换新门神的时候，就取下送进灶膛烧掉了，新的门神春联，还要挂一整年，也就无甚可烧的。大年初三，年并没有过完，要一直到元宵节后，这年才算是过完。

二是"小年朝"。

宋代宫廷节日，宋真宗大中祥符元年，因传有天书下降人间，真宗下诏书，定正月初三日为天庆节，官员等休假五日。后来称小年朝。这一日，不扫地、不生火、不汲水，与岁朝相同。

恰好相反，在老家，大年夜、初一、初二不能扫地、泼水出门，因那些都是"财"，聚财是也。到了初三，才可以将积聚的果

瓜纸屑清扫出去。生火及汲水则无讲究。

三是"初三睏到饱"。

人们为了忙年，从腊月就开始奔忙，现在可以什么都不做了，躲在家里呼呼大睡。

似乎这也是没有什么来由吧，因为春节期间，我们都是呼呼大睡呢！除非是要出去拜年，必须早早起床，那是没有办法的事。至于父母，似乎每天都早早起来了，不管是不是春节都是一样。

四是"赤狗日"。

"赤狗"是掌管南方的神灵，还掌管着烈火，也是夏天的象征，因此人们认为出门遇到赤狗是不吉利的。所以初三这天，大家都闭门不出，不拜年，也不宴请宾客。

我们那儿也没有这样的风俗。年假不易得，都趁着这几天早早把年都拜完呢。要不然双方都会一直惦记着，吃的喝的都得留着，拜年客如果不来，催又催不得，让人心焦呀。

五是老鼠娶亲的大喜之日。

这个有。我小时候就听老人说过这个民间故事，且也觉得有趣，因民间故事很多，但将故事延伸到实际生活里来的，并不多。初三这晚，老鼠要娶亲，我们大家都会早早熄灯睡觉，以免打扰老鼠们的好事。这体现了人们内心深处温情的一面。老鼠是坏东西，平常啃家具，咬谷仓，见之人人喊打，但老鼠娶亲的时候，大家还是愿意成全其好事。

这让我想到，乡下的人们，自有一套朴素的善恶标准与行事准则。

大年初四，女娲创世神话当中的"羊日"。

女娲在造人之前，于正月初一创造出鸡，初二创造狗，初三创造猪，初四创造羊，初五创造牛，初六创造马，初七这一天，女娲用黄土和水，仿照自己的样子造出了一个个小泥人。

这是很多古书里写到的传说，同时也流传在人们的口头。女娲造人的时候，造了一个又一个，觉得太慢，于是用一根藤条，沾满泥浆，挥舞起来，一点一点的泥浆落在地上，都变成了人。还是觉得太慢，于是让人懂得了造人之法，凭他们自己传宗接代。

初四这天就是羊日。三"羊"开泰，这是非常吉祥的一个日子。

在北方，这一天又是灶王爷回来的日子。

且慢——灶王爷不是除夕晚上就回来了吗？

是的，中国的民俗，地域性很强，"十里不同风，百里不同俗"。很多风俗都不一样。在我们老家，隔了一条河，对岸的习俗与这边的习俗可能都不一样。北京师范大学民俗专家萧放也说："腊月二十三送灶，灶神送上天之后，一般三十儿的晚上，

初四琐记

2016 年 2 月 1 日修改

除夕的凌晨，灶神什么神都回来了。但湖北的枣阳这个地方比较特殊，要到初四之后才回来。灶神回来之后我们做事就要小心了，因为灶神是我们家的一个监察神、耳报神，他什么都知道，什么都能看见。"

河北唐山在初四这天，大家不兴出门。老辈讲，这一天灶王爷要来查户口，一看家里没人，给你注销喽，那注销户口不就坏事儿吗，所以初四不作兴出门。

在从前，人们出行不便，旅途维艰，最保险就是在家不出门。这一习俗流传到现在，几乎已经没有生存的空间——哪能不出门呢？你看看马路上的车就知道了。

我们的很多习俗，都是基于农耕文明产生与流传的。譬如说，正月初四这天，也是土地神和城隍神返回凡间的日子。农业社会，一切的收成都从大地上生长得来，人们对土地的重视与热爱，是现在早已远离故土的人所无法体会的。

土地公公，也是财神与福神，因为有土即是有财与有福。土地公公掌管土地，也掌管地方，并能使粮食丰收，是最"实用"的神灵，所以人们对待土地公公是相当虔诚的。一般人家里，在厅堂供奉的五神中，即有土地神。

城隍神，是负责掌管城池安宁的神。在城镇出现以前，人们并没有把土地神与城隍神分开，只有一位掌管土地的神灵。直到唐代经济发展以后，有了城镇的兴起，这才把两位神灵的职责分了开来。

初五是个大日子，依然与"神"有关。这位神在中国人的生活当中相当重要：他掌管钱财。

在这个特别的日子里，人们的活动基本都围绕这位神灵进行。

清顾禄《清嘉录》云：

正月初五日，为路头神诞辰。金锣爆竹，牲醴毕陈，以争先为利市，必早起迎之，谓之接路头。

又说：

今之路头，是五祀中之行神。所谓五路，当是东西南北中耳。

抢路头宜早。越早抢到，财神越先光顾谁。

上海旧历"抢路头"的习俗，是在正月初四的子夜就开始了。备好祭牲、糕果、香烛等物，鸣锣击鼓，焚香礼拜，恭恭敬敬迎财神。"接财神"亦名曰"抢路头"，以争利市。

接财神要有两样物品：羊与鱼。不为"鲜"，而是因为"吉祥如意"和"年年有余"的寓意。很多演艺圈知名人士都演唱过《财神到》这首歌曲，它已成为春节当中广播电视最喜欢播放的曲目之一。因为人们相信，财神一到，便能财源滚滚，发财致富。

财神不止一位。中国地大物博，老百姓供奉的财神有好多，主要有：北朝时期河北曲周县令李诡祖（文财神），端木赐（就是子贡，孔子弟子中的首富，可以算是儒商之祖）、范蠡（他把喜欢的人西施拱手送给敌人，帮助勾践打败吴国，浙商）、管仲（徽商）、白圭（晋商）、关公（关帝阁）、比干（文财神，冀商之祖）、财帛星君、赵公明（正财神）等。

关公，忠义勇敢的象征，被尊为"武圣"和"财神"，据说很会算账。港澳台地区的人们都很尊关公的。

五路财神赵公明，面似锅底，手执钢鞭，身骑黑虎，极其威武，许多商家、店铺也都供奉他的木版印刷的神像。

财神的起源，可以说源远流长，所祭祀的财神也因时因地而有所不同。大致说来，古代民间信奉的财神分为文武两类，譬如关羽，就是财神中的武财神。商家选择关二爷当财神，看重的是他的忠义形象和惩恶扬善的行为，表达了他们希望保全身家性命和财产安全的美好心愿。

当然，如果真的将一尊财神放在面前，很多人并不能分辨到底是哪一位。老百姓的愿望很朴素也很实际，只要能让自己发财，就都是好财神。

《燕京岁时记》中说：

初五日谓之"破五"，"破五"之内不得以生米为炊，妇女不得出门。至初六日，则王妃贵主以及官室等冠帔往来，互相道贺。新婚女子亦于是日归宁……诸商亦渐次开张贸易矣。

《清稗类钞》也载：

正月初五日为破五，妇女不得出门。

正月里，总是有这样那样的禁忌。但是过了初五，这些禁忌都可以破除。人们会用不同的方式庆祝从各种禁忌中解脱出来，很多地区都会选择放一挂"破五鞭"来释放压抑。

在我老家，从除夕夜到正月初五，家中客厅、卧室都必有一盏灯是要从晚上一直亮到天明的。小时灯火通明都无所谓，倒头就能睡；现在不行，灯光太亮，完全睡不着。只好取一个折中的办法，让一盏台灯亮着，且把亮度调到最小，有时还在台灯与床头之间放置一些衣物遮挡，问题就解决了。

过了初五，夜晚不用再亮着灯睡觉了。

初六
琐记

2016 年 2 月 1 日修改

初六要送穷鬼。

中国人穷怕了。从古代开始，老百姓年年都要送穷鬼。据钱钟书先生《管锥编》考证，唐代我国民间便开始盛行送"穷鬼"，然而只称"鬼"而不称"神"。明清之后，"穷鬼"才被尊为"穷神"。

穷鬼，又称"穷子"。据宋陈元靓《岁时广记》引《文宗备问》记载："颛顼高辛时，宫中生一子，不着完衣，宫中号称穷子。其后正月晦死，宫中葬之，相谓曰'今日送穷子。'"

相传穷鬼乃颛顼之子。他身材羸弱矮小，性喜穿破衣烂衫，喝稀饭。即使将新衣服给他，他也扯破或用火烧出洞以后才穿，因此大家把他称为"穷子"。

另外也有说法，说穷神是姜子牙的妻子，所以也叫"穷媳妇"。

总之，穷神大家都不喜欢，恨不得赶快送出门去。至于送穷的日期，有好几种说法，有的是在初五，而《岁时广记》引《岁时杂记》说，是在"人日"（正月初七）前一天，即正月初六。还有则说，是在正月二十九日，"为穷九日，扫除屋室尘秽，投之水中，谓之送穷。"也有说是在正月的最后一天，即"晦日"，因为穷鬼死于这一天。

送穷的方法也各不相同。据《岁时杂记》记载："人日前一日，扫聚粪帚，人未行时，以煎饼七枚覆其上，弃之通衢，以送穷。"

韩愈曾写过一篇《送穷文》，则提到要为穷鬼"结柳作车，引帆上墙"。也就是说，要给穷鬼备好"车船"，还要给他带上"干粮"。有的地方，则还有"以芭蕉船送穷"的做法。

一般人家送穷，则似乎简单一些，只要用纸剪出一个妇人的形象，然后将屋内的尘土扫到一起，送到门外，用鞭炮炸之，就等于是把"穷媳妇"送出门了。

送穷之俗在唐代相当盛行，宋以后，送穷风俗依然流行。清人俞曲园《茶香室三钞·送穷鬼》录前朝人的词："奉劝郎君小娘子，空去送穷鬼。"

在我印象中，我们并没有这样专门的送穷的习俗。或者本来是有，但渐渐已经不再流传也未可知。

同在浙江省内，淳安县金峰乡的朱家村，则会在正月初六这天祭祖。朱家村民，多是朱熹后裔，各家派代表将精心装饰的猪头送到祠堂，烧香燃烛，祭拜他们的祖宗朱熹、朱澹。一百多只猪头将十余张红漆供桌摆满，大红大绿，花枝招展。同时，他们还会举行猪头大赛，评出谁家的猪头最大，给予奖励。"猪头祭祖"这一习俗流传至今，已有八百多年的历史。

除此以外，大年初六，厕神要来检查卫生，自家的厕所、畜棚、猪圈都必须打扫干净。在山东邹县叫做"邀厕姑"，广东则说"请厕坑姑"，杭州人称"召厕姑"，苏州、绍兴又称"请坑三姑娘"等等，说法不一。

初七琐记

2016 年 2 月 1 日修改

女娲是在正月初七造了人的，因此这一天就成为"人日"。人的生日，也是个重要的日子了。

汉时东方朔《占书》中就说："初七人日，从旦至暮，月色晴朗，夜见星辰，人民安，君臣和会。"而今，我们讲"和谐"与"人性化"，也与此同理。

《荆楚岁时记》中说："正月初七为人日，以七种菜为羹，剪彩为人，或镂金箔为人，以贴屏风，亦戴之头鬓。又造华胜以相遗。"意思是说，人们在正月初七这天，用七种菜做羹，用五彩的丝织品剪成人形，或把金箔刻成人形，贴在屏风上，戴在头上，作装饰避邪之用。人们还把这种首饰相互赠送。因此，"人日"也称"人胜节"。

"人日"，也是仕女出游与文人墨客登高赋诗的日子。唐高适《人日寄杜二拾遗》诗云：

> 人日题诗寄草堂，遥怜故人思故乡。
> 柳条弄色不忍看，梅花满枝空断肠。
> 身在南蕃无所遇，心怀百忧复千虑。
> 今年人日空相忆，明年人日知何处？

现在公例放假七日，初六就成了春节

长假的最后一天。返乡过年的人，大多奔忙在归途上。若干年后，后人会不会认为，人日前一天人们都有出行的习俗呢？

乡下这时候重新变得冷清，年轻人基本都已离开，各自赶赴城市工作和挣钱。村庄里的鞭炮硝烟味儿尚未散尽。虽然按照以往的规矩，还在元宵节之前就还是"春节"，但是对于大多数人来说，"春节"结束于初七这一天。

——这真是令人伤感的一天，或曰心事重重的一天。

这样的时候，还是吃一碗粥慰藉一下自己吧——不管是胃肠还是内心。中国旧俗，在正月初七这天以七种蔬菜煮粥来吃，《荆楚岁时记》中说："正月七日为人日，以七种菜为羹。"

吃完蔬菜羹，春天就来到。

初八
琐记

2016 年 2 月 1 日修改

初八，清晨很早就有人放炮。

哪怕禁了又禁，小县城里依然如此。

开门做生意的店家，以及某些单位，第一天上班，还是会偷偷放上一串"开门红"炮仗以求吉祥。

好多年前我在小县城上班的时候，整条街道在八时十八分鞭炮齐鸣，一时间浓烟缭绕，久久不散。这不是历史流传下来的习俗，而是大家的"新民俗"。后来出了禁令，情形才好了许多。大城市是绝不会有这种情况的。

正月初八，江南民间称这一天为"上八日"。在这一天，各家男人挑上"三牲"（鸡、肉、一只墨鱼干）等祭品，前往当地神庙祭拜神佛，祈求平安。

书上说，"上八日，被看成庄严隆重的日子，也有很多禁忌：不能用剪刀，以防鼠害。小孩不能出门，以防疾病与不祥。不能吵架，不能诅咒别人，不能挑马桶出门，以防神佛降罪。"

初八也是中国道教传说中诸星下界聚会的日子。所以在这一天，道观和寺庙香火都很旺盛。黄昏之后，各家各户燃起一百零八盏灯花以应天象。等到天上星斗全出，便在井灶、门户、砧石处遍散灯花，焚香祷祀。夜色中的灯光，很是柔美浪漫。

这天还有"放生祈福"活动，就是把家里养的一些鱼、鸟放归山林，表达企盼世间各种生物兴旺发达的美好愿望。

明代刘侗等在《帝京景物略》中说：

正月八日，石磴巷放生，笼禽雀、盆鱼虾、筐螺蚌，罗堂前，僧做梵语，数千相向，纵羽空飞，莩着落屋上，移时乃去，水之类投皇城金水河中网罟笋饵所希至。

正月初八，亦是谷子的生日。这天天气晴朗，则预示这一年稻谷会丰收，天阴，则年歉。

在内蒙古、山西等地，民间取"八"字的读音，将正月初八演变成了敬八仙节。这一天，民间习惯备佳肴水果祭祀八仙，并走出家门，与亲友相约一起逛年市、闹花灯、看秧歌表演，这叫做"游八仙"，在鞭炮与锣鼓声中，来感受"八仙过海"的感觉。

初九
琐记

2016 年 2 月 1 日修改

九，是至高无上的数字。正月初九，闽南与台湾俗称"天公生"，是天界最高神祇玉皇大帝的诞辰，"天公"就是玉皇大帝，他是统领三界内外十方诸神以及人间万灵的最高神，代表至高无上的天。

既然是玉皇大帝的生日，必须隆重庆祝。"九"又与"酒"谐音，当然离不开酒，各家各户都准备丰盛的酒宴，大家尽兴喝个痛快，给玉皇大帝祝寿。

拜天公的祭典相当隆重，自初九的凌晨开始，一直到天亮为止。

在台湾，祭天公的仪式，一般是在正厅天公炉下摆设祭坛，用长板凳或矮凳先置金纸再叠高八仙桌，这叫"顶桌"，桌前还要系上吉祥图案的桌围，后面另设"下桌"。"顶桌"供奉用彩色纸制成的神座，这是象征天公的宝座，前面中央为香炉，炉前摆上扎红纸的面线及清茶三杯，以及五果、六斋。到了时辰，全家老小挨次上香，三跪九叩，然后烧天公金。

有些虔诚的人，觉得在家中祭拜还嫌不足，会在初八连夜赶往各地的天公庙礼敬，像台南终义路的天坛、高雄的天公坛、木栅指南宫等，每年的农历大年初八便灯火通明，热闹非凡。

在北方，过去还有举行玉皇祭，抬玉

皇神像游村巡街的习俗。

在湖北恩施，土家人还认为"上九日"办事，会取得事半功倍的效果，所以当地有"七不出，八不归，上九办事一大堆"的说法。

"七不出"，是说初七不要出门做生意和办事情，做不好，办不成。"八不归"，是说出门在外的人，不要在这天回家，在外面继续发财。"上九办事一大堆"，是说初九这天办事，会受到玉皇大帝的福庇，办事会异常顺利。所以，时至今日，有一些上了年纪的人，还会将难办的事情放到这天来办。

当然，这想来也似乎有一点道理，因为人们会认为玉皇在上，人家既然在这天来办事，也就不便再刁难，与人方便，与己方便，事情也就容易办成了。

而在我小时候，对正月初九最大的印象是，又开学了！

初十
琐记

2016 年 2 月 1 日修改

初十，是石头的生日。石头为大。所以这一天，凡磨、碾等石制工具都不能动，叫"石不动"；甚至有的地方，还要拜拜石头神，如碾神、磨神、碓臼神、泰山石敢当神。

在山东郓城等地，有抬石头神的说法。初九夜，人们将一瓦罐冻结在一块平滑的大石头上，初十早晨，用绳系住瓦罐的鼻子，由十个小伙子轮流抬着走，石头不落地则预示当年丰收。

正月初十，在我老家似乎没有特别的仪式，自记事起，我对拜石头神这件事也没有印象。常山的石头倒是很多，离我家不远的地方，有一枚地质学上的"金钉子"，是国际地质科学联合会确认的中国首枚"金钉子"，其中最重要的"宝贝"就是各种各样的古生物化石；常山的母亲山三衢山，满山都是石头；常山也有一座"青石花石市场"，乃是华东地区规模最大的。自古以来，中国的文人对于石头还是极为热衷的，据说宋徽宗十分喜爱的"巧石"就出自常山，常山的石头至今也是各地园林营造艺术中的点睛之笔。

说到拜石头，倒让我想起一桩故事，说是米芾特爱把玩奇石砚台什么的，简直痴迷。据《梁溪漫志》记载，他在安徽无为做官时，听说河边有一怪石，立刻差人将其搬进自己的寓所，摆好供桌，上好供品，向怪石下拜，口中还念念有词说，"我欲见石兄二十年矣。"

当然，这跟正月初十的习俗是没有太大关系了。不过，在这一天搬出后人所绘的《米颠拜石图》来看一看，也是一件很有意思的事情。

请紫姑

2016 年 2 月 1 日修改

"紫姑",一个被侮辱与被损害的人。

关于紫姑神,六朝已有,唐、宋两代盛行,至清不衰。《古今图书集成·神异典》卷四引《异苑》:"世有紫姑女,古来相传是人妾,为大妇嫉,死于正月十五夜。后人作其形,祭之曰:'子胥不在,曹夫亦去,小姑可出。'捉者觉动,是神来矣。以占众事。胥,婿名也。曹夫,大妇也。"

《古今图书集成·神异典》又引《显异录》:"紫姑,莱阳人,姓何名媚,字丽卿。寿阳李景纳为妾。其妻妒之,正月十五阴杀于厕中。天帝悯之,命为厕神。故世人作其形,夜于厕间迎祀,以占众事。俗呼为三姑。"

就这样,一个被压迫的弱女子,因为天帝的怜悯,死后成为"厕神",也成为世间弱女子的保护神。

紫姑虽说是"厕神",但更多时候,她成为一种占卜的形式。

《荆楚岁时记》记载:"正月十五日,其夕迎紫姑以卜将来蚕桑。"江浙一带蚕桑业发达,蚕农就通过接请紫姑,来占卜新一年的蚕事。但许多人家除了问蚕桑事,也问别的事情,比如婚嫁什么的。

请紫姑一事,在孩子们看来总是不免有些阴郁,似乎与春节喜庆祥和的气氛不

符。浙西蚕桑业不兴，请紫姑一事，我也就不甚了了。而且即便是有，这样神神鬼鬼的事情，大人总是极力让孩子回避的，因之我也没有什么印象。只是看到资料上说，"迎紫姑"时间各地不同，既有正月十一，又有正月十四或正月十五，姑且存疑。

还有一个说法，正月十一，也是岳父宴请子婿的日子。"初九庆祝'天公生'剩下的食物，除了在初十吃了一天外，还剩下很多，所以娘家不必再破费，就利用这些剩下的美食招待女婿及女儿，民间称为'十一请子婿'。"

为什么要请子婿？"在中国传统民俗里，女婿备受岳家的宠爱，俗称'娇客'，岳父母家无不盛情款待。中国各地都是这样，因此，很多地方都有十一请子婿之俗，主要在南方流行。"

我想，如果女婿真的"备受宠爱"，怎么也不会用前几天的剩菜剩饭招待了吧？不过以前的习俗既有此一说，也姑且在这里记上一笔；很多事情，若用今人的眼光来看，怕是很难理解了。

搭灯棚

2016 年 2 月 1 日修改

童谣说，"十一嚷喳喳，十二搭灯棚，十三人开灯，十四灯正明，十五行月半，十六人完灯。"说的都是元宵前后的灯事。

"十二搭灯棚"，从这一天开始，要召集能工巧匠和青壮年准备花灯，做元宵赏灯的各种准备工作了。

在河北石家庄一些地区，这一天有烤柏火的风俗。黄昏的时候，人们在自家门前点燃柏枝，烟雾中弥漫着一股清香，一家老幼围坐火边，这叫做烤柏火。烤柏火是一种寓意吉祥的风俗，据说可以避瘟驱邪。

烤柏火，则不拘于河北等地，我曾在四川的藏族朋友家，见他们在清晨点燃柏枝，让白色的烟袅袅而上，据说有清洁庭院的作用。

正月十二还是"老鼠节"。传说这天是老鼠娶亲的日子，也有的说这一天是老鼠的生日。老鼠也有"节"，这在今人看来不可理解，但在古人的观念中，真的是万物有灵、苍生平等。

在"老鼠节"这一天，不能使剪刀，说法是：只要听不到剪刀的"咔嚓"声，家里一年就听不到老鼠"咔嚓咔嚓"啃东西的声音。

离元宵愈发近了，花灯也要亮起来。

　　民国时候，杭州的元宵灯市一般从正月十二开始，至正月十八日落灯。据《中国全史百卷本·民国习俗史》记载，"十二这日，人们将新做成的灯笼（两眼暂不点睛）抬至城隍山龙神庙，拜供后以墨汁点其睛，称为开光，俗称灯笼上山。"

　　制作灯笼的人，愈来愈少了；制作灯笼的手艺，现在也已成了非物质文化遗产，不知还能流传多久。

张灯记

2016 年 2 月 1 日修改

在正月十三有一项重要的民俗活动，被称为"灯头生日"。民间在这一天要在厨灶下点灯，称为"点灶灯"，其实是因为正月十五闹花灯的日子临近了，各家都试点制好的灯，才被说成"灯头"之日。

这种风俗始于南宋，文献记载南宋理宗淳祐三年（公元 1243 年）就有"请预放元宵，自十三日起，巷陌桥道，皆编竹张灯"的民俗。

沈从文在《忆湘西过年》一文中写道——

我生长的家乡是湘西边上一个居民不到一万户口的小县城，但是狮子龙灯焰火，半世纪前在湘西各县却极著名。逢年过节，各街坊多有自己的灯。由初一到十二叫"送灯"，只是全城敲锣打鼓各处玩去。白天多大锣大鼓在桥头上表演戏水，或在八九张方桌上盘旋上下。晚上则在灯火下玩蚌壳精，用细乐伴奏。十三到十五叫"烧灯"，主要比赛转到另一方面，看谁家焰火出众超群。我照例凭顽童资格，和百十个大小顽童，追随队伍城厢内外各处走去，和大伙在炮仗焰火中消磨。玩灯的不仅要凭气力，还得要勇敢，为表示英雄无畏，每当场坪中焰火上升时，白光直泻数丈，有的

还大吼如雷，这些人却不管是"震天雷"还是"猛虎下山"，照例得赤膊上阵，迎面奋勇而前……

在沈从文笔下，灯会的热闹，玩灯人的勇猛，俱生动可见。正月十三，也是"烧灯"的开始，大家都是通宵达旦地嬉闹玩耍。他说：

……散场时，正街上江西人开的南货店、布店，福建人开的烟铺，已经放鞭炮烧开门纸迎财神，家住对河的年轻苗族女人，也挑着豆豉萝卜丝担子上街叫卖了。

临水
娘娘

2016年2月1日修改

用今天的眼光来看，"临水娘娘"应该是一个接生婆，也类似于医院里的助产士。

生孩子对一个女人来说，几乎是性命攸关的事情。生生死死，大喜大悲，人却无力掌控，只能求诸命运，以及神灵。

传说中的"临水娘娘"，姓陈，是唐朝大历年间的人，后来成了拯救难产妇女的神仙。于是民间立祠奉祀，称为"临水娘娘""顺天圣母"。正月十四，是"临水娘娘"的诞辰，民间到了这一天，就会祭拜她。

我曾经在医院里工作过一段时间。妇产科也常出入。后来离开医生职业很久，仍对产房那个潮热的环境留有深刻印象。

除纪念临水娘娘以外，正月十四似乎没有更多值得一记的事。最热闹的元宵，是在第二天。不过，在浙江的台州，元宵却是在正月十四过的，颇有意思。

当然也是传说——临海历史上有位知县，他母亲信佛，正月十五要吃斋，但年羹本身是带荤的，于是，这位知县就把元宵节改到了正月十四，以避开斋戒日。

这位知县真是任性。

在台州，元宵节要提前一天过，中秋节却要延后一天过。台州人就要与众不同。

民国元年的正月十四日，上海一所新办的女校开学。1912 年 2 月 29 日，《申报》在 7 版刊登了一条稿子，《共和女校开学预志》：

美租界海宁路西天保里对面南川虹路，新创共和女校一所，分初、高等小学、国文、英文、图画、专修科，共五级，额设一百五十名。于各专科中兼授法政、体操、专门学术以应今日女界赞助共和，注重武事之趋势。开办经费全由同志捐助，经理、校务、担任教课者均尽义务，不取薪俸，意在巩固基本，徐图发达，现在报名者已有五十余人，定于旧历正月十四日午后二时行开学礼，想届时必有一番盛举也。

鲁迅在过年时也没闲着。1924 年 2 月 7 日，农历正月初三，他写成《祝福》；2 月 16 日，正月十二，写成《在酒楼上》；2 月 18 日，正月十四，写成《幸福的家庭》。这位勤劳的作者在正月十四的日记中特别记之：

夜成小说一篇。

是的，写小说跟生孩子真是一样的，难产有时，欢畅有时。

上元

拾捌

青玉案·元夕

东风夜放花千树，更吹落，星如雨。
宝马雕车香满路。凤箫声动，玉壶光转，
一夜鱼龙舞。蛾儿雪柳黄金缕，
笑语盈盈暗香去。众里寻他千百度，
蓦然回首，那人却在，灯火阑珊处。

——宋·辛弃疾

正月之望，村村各出灯，缀十百为修行，循阡陌以逐疬疫，社为主。

——《浙江通志·常山县》

元宵节

2016 年 2 月修改

仿佛只是一眨眼，春节快过完了，日子到了元宵。

元宵是春节的最后高潮。如果说除夕是一家一户内部的热闹与团圆，那么元宵就是家户之外广场上集体的狂欢。

元宵夜要做什么 —— 吃元宵、赏花灯、舞龙、舞狮子、赏月、放焰火、猜灯谜。适合集体进行的游戏都可以在这一晚组织。人们把所有积蓄的、未及释放的热情都在这一晚释放出来。过了今天，春节就算结束，大家各奔东西，又要多久才能相见。

所以元宵是一个适宜发生故事的日子。

去年元夜时，花市灯如昼。

月上柳梢头，人约黄昏后。

今年元夜时，月与灯依旧。

不见去年人，泪湿春衫袖。

说欧阳修是豪放派，其实他也婉约，这首诗就很婉约。这是关于元宵节最著名的一首诗。我们很难说元宵这一天到底是以什么为宗旨 —— 团圆吗？它没有唯一性，中秋节也是团圆，其他所有的节日，都可以让人生发团圆的感念。欢乐吗？似乎也不太准确。交游吗？都说元宵节也是中国人的情人节，但好像也不是这么简单。

元宵节最重要的食物，是汤圆，也叫汤团、元宵。它是一种糯米面揉制的圆形食品，有甜的，也有咸的。杭州这边都是吃甜的麻心汤圆，也叫宁波汤圆。取的是团团圆圆、香甜美满的意思，很吉利。

《上元竹枝词》中写道：

桂花香馅裹胡桃，江米如珠井水淘。见说马家滴粉好，试灯风里卖元宵。

元宵这一传统食物，有着种种来历与传说。据传，隋炀帝在公元 610 年正月十五的晚上，在洛阳搭台歌舞"与民同乐"，并煮了实心的圆子，汤中撒糖，赐给臣下和歌姬作晚点食用。因这天恰好是元宵夜，故名"元宵"。

关于元宵节吃元宵，最早的可信记载见于宋代。当时称元宵为"浮圆子""圆子""乳糖元子"和"糖元"。从《平园续稿》《岁时广记》《大明一统赋》等史料的记载看，元宵作为欢度元宵节的应时食品是从有宋一朝开始的。

从"浮圆子"到汤团，相信是经过了长期发展和改良的。浮圆子基本是实心的，而现在的汤团，一般是水磨糯米粉包着麻心猪油馅，人呼之为"宁波汤团"，而大才子袁枚的《随园食单》中，把汤团称为"水粉汤圆"，曰："用水粉和作汤圆，滑腻异常，中用松仁、核桃、猪油、糖作馅，或嫩肉去筋丝捶烂，加葱末、秋油作馅亦可。"这与今天的汤团大致相同。

圆子是滚出来的，汤团是包出来的。汤团要软滑为好，所以对糯米原料很讲究，要选黏性特强的品种。加工工艺上也有说法，要用"水磨粉"，就是说，把糯米粒用水泡过后，连水带米一起上磨，而且最好用石磨来磨。磨成的粉，用纱布袋吊起来沥干，冷藏三四天。

水磨粉作皮，馅则以白糖、黑芝麻、猪油制成。煮好的汤团柔滑软糯，咬开皮子，麻香四溢，糯而不黏，甜润可口。

唐鲁孙在《元宵细语》中写到过去北平的元宵——

北平不像上海、南京、汉口有专卖元宵的店铺，而且附带消夜小吃，北平的元宵都是饽饽铺、茶汤铺在铺子门前临时设摊，现摇现卖。馅儿分山楂、枣泥、豆沙、黑白芝麻的几种，先把馅儿做好冻起来，截成大骰子块儿，把馅儿用大笊篱盛着往水里一蘸，放在盛有糯米粉的大筛子里摇，等馅儿沾满糯米粉，倒在笊篱里蘸水再摇，往复三两次。不同的元宵馅儿，点上红点、梅花、刚字等记号来识别，就算大功告成啦。这种元宵优点是吃到嘴里筋道不裂缝，缺点是馅粗粉糙，因为干粉，煮出来还有点糊汤。

现在，吃汤团并不是元宵节专属的事，在一些喜庆的时刻，寓意团圆的汤团都颇受人欢迎。汤团现今随处可见，不止宁波才有，然而大家也依然习惯叫它"宁波汤团"。

元宵这个吃食，到底还是有着中国传统文化的背景，它是与乡愁紧紧联系在一起的。在我的家乡浙西常山，元宵也是元宵夜必吃的食物，吃完元宵，大家就都上街去了，看龙灯去。

我的家乡，每年元宵节晚上都要耍龙灯。龙用草、竹、木纸、布等扎制而成，龙的节数以单数为吉利，多见九节龙、十一节龙、十三节龙，多者可达二十九节。只不过，十五节以上的龙就比较笨重，不宜舞动，主要是用来观赏。一条龙，需要三四十个精壮汉子操控，他们从各地乡镇进城，大寒天里，舞龙的人穿着背心，身上也热腾腾地冒出汗来。

耍龙灯那天，全城禁止车辆通行，街道上人山人海，摩肩接踵。十五六条龙走遍全城，各街道上炮仗喧天，烟花照亮浙西小城的夜空。这样的闹猛要一直持续到零点以后。

东风夜放花千树，更吹落，星如雨。宝马雕车香满路，凤箫声动，玉壶光转，一夜鱼龙舞。蛾儿雪柳黄金缕，笑语盈盈暗香去。众里寻他千百度，蓦然回首，那人却在，灯火阑珊处。

辛弃疾的《青玉案·元夕》，上阕读着读着就不由揪心，人海之中，芸芸众生，你我擦肩而过，说不定就彼此错过。下阕就感人了，蓦然回首，想找的人居然就在眼前。还有什么比这个更好的呢？

看完灯回家去，肚子饿了，再盛一碗甜甜的元宵落肚，岂非十分美满？

汪曾祺在一篇文章里写道——

年过完了，明天十六，所有店铺就"大开门"了。我们那里，初一到初五，店铺都不开门。初六打开两扇排门，卖一点市民必需的东西，叫做"小开门"。十六把全部排门卸掉，放一挂鞭，几个炮仗，叫做"大开门"，开始正常营业。年，就这样过去了。

现在，时代不一样了，年也过得仓促，初三、初四那些在城市里上班的人就待不住了，纷纷离家；到了初七、初八，上班、上学的都走得差不多了。乡村里早就恢复了寂寞与冷清。到了正月十五，元宵作为尾声，总算给春节圆满地画上句号。

元宵节似乎无处不张灯，家乡衢州的元宵灯会十分盛大，我在衢州工作时参与采访，至今印象深刻。明人张岱，在《陶庵梦忆》中有文字记述绍兴龙山放灯的情景："山无不灯，灯无不席，席无不人，人无不歌唱鼓吹。男女看灯者，一入庙门，头不得顾，踵不得旋，只可随势，潮上潮下，不知去落何所，有听之而已。"

绍兴的元宵灯景，在明代知名海内，是因为此地竹贱、灯贱、烛贱。因成本不高，家家都能制灯、张灯，穷檐曲巷无有不张灯者。十字街头还挂大灯，上面画着故事图画，或写着灯谜，供人猜赏。游客接踵摩肩，可见其灯会之盛。

杭州的元宵灯会也不逊色。正月十五前后张灯五夜，在元宵前，灯市即开，"出售各色华灯，其像生人物，则有老子、美人、钟馗捉鬼、月明度妓、刘海戏蟾之属；花草则有栀子、葡萄、杨梅、柿橘之属；禽虫则有鹿、鹤、鱼、虾、走马之属；其奇巧则有琉璃毯、云母屏、水晶帘、万眼罗、玻瓶之属。而豪家富室，则有料丝、鱼魫、彩珠、明角、镂画羊皮、流苏宝带；品目岁殊，难以枚举"。元宵节时，"好事者或为藏头诗句，任人商揣，谓之猜灯。或祭赛神庙，则有社伙鳌山，台阁戏剧，滚灯烟火，

看花灯

2023 年 2 月 12 日

无论通衢委巷，星布珠悬，皎如白日，喧阗彻旦。"这些情景，也都记在田汝成的《西湖游览志馀》中。

苏州城中的灯会，当然也是热闹非凡。《清嘉录》记，元宵节夜晚街上"连肩挨背，夜夜汗漫"，时人有诗为证："一灯如豆挂门旁，草野能随艺苑忙。欲问还疑终缱绻，有何名利费思量。"

然而，就我的经验来看，各地的花灯虽盛，夜晚观之效果颇佳，而多经不起白天细看。因花灯的材料不佳，或制作过程并不甚讲究。花灯制作至为精美者，当属仙居皤滩的花灯。

皤滩古镇的老街保存完好，一个雨天，我与友人在老街行走，游人不多，街巷宁静，而旧日时光在想象中喧闹起来。可以想见老街从前商业繁荣、人流如织的情形。无意中步入老街的一间老屋子，发现里头张灯结彩，竟是一座花灯的博物馆。这花灯又叫"针刺无骨花灯"，细细观来，其外形精巧秀丽，最为独特的是，花灯是用纸制成，而纸面布满细细密密的针眼，花灯的光，竟是从这针眼之中透出来。一盏花灯，玲珑剔透，轻盈无比，惹人怜惜。

在台州，人们有一句俗话，"临海的城，仙居的灯，黄岩乱弹呀呀声。"可见皤滩无骨花灯的名声与地位。我们在老街，又见到了花灯制作技艺的传人王汝兰。老人家带我们看她制作的花灯，讲起花灯的故事。这种无骨花灯，自唐代便有了，却在一段漫长的岁月里几近失传。原因并不复杂——在吃不饱饭甚至生存都不安宁的年代，哪里有人有这样的闲情去惦念几盏花灯呢。别看花灯虽小，一盏灯的制作几乎要花去大半年的时光，只因为那灯内部并无骨架，纯用纸张粘贴而成，而纸上的花纹图案，是一针一针，用绣花针刺出来的。最小的绣花针，只比头发丝稍粗一点儿，长度也只有一厘米。这样的针，拈在指尖几乎轻若无物，而放在水上，居然是能够漂浮起来的。

这样的花灯，制作过程实在叫人赞叹，却也叫人感到莫名惆怅。物至极美，竟要耗去人生的多少光阴。不忍，不忍。作家毕淑敏在观赏皤滩的花灯之后，也怜惜这花灯本身——

千百万次的伤痕，加上心中光焰，组成人间绝美图案。

元宵之夜的花灯，实是人们对于美的陶醉，对于生之热爱。

有灯无月不娱人，有月无灯不算春。
春到人间人似玉，灯烧月下月如银。

这是唐伯虎的《元宵》之诗。而遍读元宵灯会的诗词，亦是字字句句璀璨明丽，在历史的幽暗时空里，元宵的花灯一盏一盏灿若星辰，看灯之人如流如织，将美之热烈、生之热爱，在一场热闹的灯会里传达出来。

后记

　　《仪式》二册终于交稿，我不禁长舒一口气。这个书稿创造了我自己的一个纪录：拖稿时间最长的书。拖稿超过一个月，在我都是不曾有过的事，而这个书稿，我居然拖了三年。

　　记得之前，与华中科技大学出版社娄志敏兄在北京图书订货会上遇见，娄兄向我约稿，我欣然应允。后来娄兄又到杭州来，我们吃饭喝酒聊天，娄兄婉转催稿。那时他做丰子恺的《万般滋味，都是生活》一书，还没有下印，发过两个封面征求我的看法。我也介绍他去晓风书店看看。后来丰子恺的这本书出来，一直占据各大畅销书榜单首位，至今卖了百万册吧，足以成为娄兄编辑史上可以大书一笔的事。而我的书稿还没有交出来。其间，娄兄几乎不来催我书稿的进度。这让我心里没底，觉得是不是可以赖掉了。但后来有一次，娄兄回复，当然要做的，我还等着呢。我就愧疚得不行，于是下决心交稿。

　　这套书本来的设想，是做三册，一册讲节气，一册讲春节，一册讲其他节日；最初的想法，也是根据我故乡的生活，来呈现中国的传统文化。书未出的这三年多时间，这一类书却层出不穷，我也买了不少，翻来覆去不过是些传统文化知识的冷饭。这在我看来是远不够的。对于传统的继承，最好的方式是去亲身实践，像古人那样生活。也由此，我把写作的方向稍稍扭转一些，弱化了传统文化知识的呆板罗列，而是试图呈现中国人，尤其是江南人家的日常生活。当然，我更多是以故乡浙江衢州常山作为观察样本。因此在体例上也作了一些调整，同时把三册调整为二册，一册定为《仪式：节气风物之美》，一册定为《仪式：岁时礼俗之美》。

再一次感谢娄兄的耐心。他做书极为用心，且有强大韧劲，与他合作，让我受益良多。同时感谢我的父母，他们自我小时便传授给我的那些生活常识，使我至今能感受传统文化生活赐予的美意。我愿意用文字书写和记录其中的一些，并把故乡浙江常山的美好与更多人分享。

周华诚

2023 年 9 月 28 日

图书在版编目（CIP）数据

仪式：岁时礼俗之美 / 周华诚著 . — 武汉：华中科技大学出版社，2024.4
ISBN 978-7-5772-0363-8

Ⅰ . ①仪 … Ⅱ . ①周 … Ⅲ . ①散文集－中国－当代 Ⅳ . ① I267

中国国家版本馆 CIP 数据核字 (2024) 第 035947 号

仪式：岁时礼俗之美
Yishi: Suishi Lisu zhi Mei

周华诚　著

策划编辑：娄志敏
责任编辑：孙　念
责任校对：谢　源
责任监印：朱　玢
内文书法：小　萨
内文插图：许可葭
书籍设计：一叶书房

出版发行：华中科技大学出版社（中国·武汉）　　电话：(027)81321913
　　　　　武汉市东湖新技术开发区华工科技园　　邮编：430223

印　刷：武汉精一佳印刷有限公司
开　本：880mm×1230mm　1/32
印　张：8.75　插页：10
字　数：197千字
版　次：2024年4月第1版第1次印刷
定　价：79.00元

本书若有印装质量问题，请向出版社营销中心调换
全国免费服务热线：400-6679-118　竭诚为您服务
版权所有　侵权必究